milkweed

别问我是谁

〔美〕杰里·史宾尼利 著 叶博 译

湖南文艺出版社
HUNAN LITERATURE AND ART PUBLISHING HOUSE

图书在版编目（CIP）数据

别问我是谁 /（美）史宾尼利（Spinelli, J.）著；叶博译 .
—长沙：湖南文艺出版社，2011. 3
书名原文：Milkweed
ISBN 978-7-5404-4807-3

Ⅰ. ①别… Ⅱ. ①史…②叶… Ⅲ. ①长篇小说－美国－现代
Ⅳ . ① I712.45

中国版本图书馆 CIP 数据核字（2011）第 022771 号

著作权合同登记号：图字 18-2011-004
上架建议：外国流行小说

别问我是谁

作　　者：[美] 杰里· 史宾尼利
译　　者：叶　博
出 版 人：刘清华
责任编辑：傅　伊
策划编辑：孙淑慧
特约编辑：尹艳霞
版权支持：李彩萍
装帧设计：江山社稷
出版发行：湖南文艺出版社
（长沙市雨花区东二环一段 508 号　邮编：410014）
网　　址：www.hnwy.net
印　　刷：北京盛兰兄弟印刷装订有限公司
经　　销：新华书店
开　　本：880 × 1230　1/32
字　　数：120 千字
印　　张：7.5
版　　次：2011年 3 月第 1 版
印　　次：2014年 1 月第 3 次印刷
书　　号：ISBN 978-7-5404-4807-3
定　　价：25.00 元
（若有质量问题，请致电质量监督电话：010-84409925）

偷窃，透过下水道口和墙上的裂缝进行着……发生在侵略者那外来的眼睛所不熟知的所有隐蔽之处。

——1941年，2月26日

《苦恼书卷：哈伊姆·卡普兰的华沙隔都日记》

目录
Contents

我抢了两块面包，一块给乌里，另一块拿去那个叫甄妮娜的女孩家里。雪下了一晚，给花园盖上了一层白色毯子，枯黄的植物残梗刺破了白毯。我扫干净最顶层台阶上的雪，放下面包，敲了敲门就跑了。

第二天我过来看，发现面包不在了。

隔离区里的所有东西都是阴沉沉的，人是阴沉沉的，声音是阴沉沉的，连气息都是阴沉沉的。而这里的每样东西对我来说都是彩色的：电车发出的叮当声是红色的，留声机中传来的音乐是蓝色的，人们的笑声是银白色的，而远处旋转木马发出的轻柔的声音更是五彩缤纷……

我梦见没有躯体的长统靴士兵在地上踏步走着，梦见燃烧着的母牛，梦见石头天使低头看着我说：“我什么都不是。”

我会爬上火车——其他很多人都会这么做——我爬到车厢、煤车和坦克上。爬过上千次火车，但没有一辆车带我去见甄妮娜，也没有带我去糖果山。

milkweed

第一部　偷面包的贼

我抢了两块面包，一块给乌里，另一块拿去那个叫甄妮娜的女孩家里。雪下了一晚，给花园盖上了一层白色毯子，枯黄的植物残梗刺破了白毯。我扫干净最顶层台阶上的雪，放下面包，敲了敲门就跑了。

第二天我过来看，发现面包不在了。

第一部　偷面包的贼

1. 记　忆

我不停地跑。

那是我印象所及的第一件事。不停地跑。我抱着个东西，手臂蜷曲着，紧扣在胸前。当然，我抱的是面包。有人在后面追我，“站住！小偷！”我继续跑。人群。臂膀。鞋子。“站住！小偷！”

有时这是个梦。有时在晌午时分，我在搅拌冰茶或是等着热汤时，就会回忆起这些。我从来没有看清是谁在追赶我、叫唤我，我也从没有足够的时间停下来吃面包。当我从梦境或者记忆中回过神来的时候，我感觉到双腿刺痛。

2. 夏　天

他拽着我跑。他块头比我大，我双腿掠地而过。警笛在咆哮。他的头发是红色的。我们在大街小巷间穿梭。巨大的声响，像远处传来的惊雷。我们在人群中跌跌撞撞，而人们似乎对我们视若无睹。警笛尖叫着，像婴儿在啼哭。最后，我们终于隐身钻入一个黑暗的洞口。

“你运气不错，”他说，“只差一点，追你的就不是那些女人了，而是长统军靴。”

“长统军靴？”我说。

“等着瞧吧。”

我在想那些长统军靴是些什么东西，难道是没人穿的靴子沿街奔跑？

“好啦，”他说，“拿出来给我。”

“拿什么东西给你？”我说。

他把手伸进我的衬衫，抽出那块面包，把面包撕成两半，一半推给我，自己开始吃另一半。

“你该庆幸我没杀你，”他说，“你从那个女人那偷来面包……我那时刚想自己把面包抓过来呢。”

“我很幸运。”我说。

他打个饱嗝，说：“你动作还真快，我还没反应过来发生什么事儿呢，你就把面包抢走了。那女人很有钱，你看到她那身打扮了吗？她还要买十倍那样的东西呢。”

我吃着我的面包。

更多声响从远处传来。我问他：“发生什么事儿了？”

“是长筒靴炮兵。”他说。

“什么是炮兵？”

“大炮。嘣嘣。他们轰炸着这座城市。”他紧盯着我问道，“你是谁？”

我对这个问题莫名其妙。

他说：“我叫乌里，你叫什么名字？”

我告诉他我的名字：“斯托普西夫[1]。”

1　译者注：斯托普西夫，原文为Stop thief，即前文Stop（站住）！Thief（小偷）！两字的合体，因每每追赶他的人都在后面大叫Stop! Thief! 他就将自己称为Stopthief。

3

他带我去见其他伙伴儿。我们躲在一个马棚里，里面有马，通常这个时候它们应该在街上，但因为长统军靴士兵正不停地嘣嘣轰炸着这座城市，对马儿来说，这太危险了，所以它们现在都待在家里。我们蹲在一个马栏里，在一匹满面愁容的灰马脚下。那匹马在拉屎。其中两个孩子起身走到旁边的马栏，那儿有另一匹马。不一会儿，一阵水泼溅到麦秸上的声音传了过来，那俩孩子又挪了回来。其中一个说："待会儿我把那坨大便处理掉。"

"你在哪发现他的？"一个抽着烟的男孩问。

"在河边，"乌里说，"有个有钱女人从面包店走出来，他从她那儿偷了一块面包。”

另一个男孩说：“你为什么不从他手上抢过来？”这个男孩抽着根和他的脸一样长的雪茄。

乌里看看我说：“我也不知道。”

“他是个发育不良的矮子，”有人说，“看他那寒碜的样子。”

“站起来！”另一个人说。

我看看乌里，乌里轻轻地挥了挥手指，我站了起来。

“滚到那边去！”有人说。我感觉到一只脚踢了一下我的背部，把我朝马的那边推去。

“看，”那个抽着雪茄的人说，“他还不到马屁股的一半高呢。”

一个喋喋不休的声音从背后传来：“真希望那匹马给他铺头盖脸拉一通！”

所有人，甚至包括乌里，都哄然大笑起来。墙外传来阵阵爆炸声。

不抽烟的孩子都在吃东西。在马棚的一隅有根和我一般高的木桩，木桩上有各式各样的面包、长短不一五颜六色的香肠、水果和糖果。但仅有一半是食物，各色杂物在柱子上闪闪发光。我看见了布料和梳子、女人用的口红和眼镜，还看到一张瘦细平扁的狐狸脸往外张望。

“他叫什么名字？”有人问。

乌里朝我点点头：“告诉他们你叫什么。”

我说：“斯托普西夫。”

有人欢叫：“这家伙居然说话了！”

孩子们大笑，烟从他们的嘴里往外喷。

有个男孩没有笑，他从耳后抽出一支烟，说：“我觉得他是个傻子。”

另一个男孩起身朝我走来。他弯下身子，用力嗅了嗅，然后紧捏住鼻子，朝我脸上吐了口烟，说：“他真臭啊！”

“看啊，”有人大叫，“连烟都受不了他的臭味，变成绿色了。”

他们大笑。

朝我吐烟的那个人退了回去，说：“喂，斯托普西夫，你是个浑身发臭的蠢货吗？”

我不知道该说什么。

“他是个蠢蛋，”那个不笑的男孩说，“他会给我们惹麻烦的。”

“他跑得很快，”乌里说，“而且他很小巧。”

“他是个矮子。”

“矮子也不赖啊。”乌里说。

“你是犹太人吗？”我面前的那个男孩问。

我说：“我不知道。”

他踢我的脚：“你怎么能不知道？是就是，不是就不是。”

我耸耸肩。

那个不笑的人说：“我告诉你，他是个蠢蛋。”

乌里说：“他很小，只不过是个小孩。”

“你多大了？”朝我脸上吐烟的那个人问。

我说：“我不知道。”

他扬起手：“你什么都不知道吗？”

“他很蠢。”

“他是个蠢犹太人。”

“是个臭气冲天的蠢犹太人。”

大伙笑得更欢了。他们一笑，就朝其他人，也朝马身上乱扔食物。

那个吐烟的家伙用手指尖儿按着我的鼻子，说："你能这样做吗？"他向后仰，直到脸朝着马厩顶棚。那家伙一口一口地抽着烟，直到他的脸颊、甚至眼睛都鼓涨起来，整张脸活像个气球，咧着嘴笑。我原以为他一定会用那一嘴浓烟呛我，但他却没有这样做。他转身向马，提起马尾巴，把一股银白色的烟吹向马的臀部。马嘶叫起来。

大伙儿，甚至包括那个不笑的人和我，都一阵狂叫。

远处的沉闷爆炸声就像我狂跑后的心跳声。

有人说："他肯定是个犹太人。"

我问："犹太人是什么？"

"谁回答这个矮子的问题，"有人说。"告诉他什么是犹太人？"

一个只有一只胳膊的男孩不吭声，那个不笑的家伙把地上的麦秸秆踢向他。"那就是个犹太人。"又指着自己："这是个犹太人。"他又指着其他人："那是个犹太人。那是个犹太人。那是个犹太人。"他指着马："那是个犹太人。"他跪在地上，在马粪旁边的麦秸堆上乱扒，找到一个东西。他把那个东西拿给我看，是个棕色的小虫子，"这是个犹太人。看，看！"他的声音使我害怕。"犹太人是动物，是臭虫，甚至还比不上臭虫呢。"他把虫子扔进马屎里，"犹太人就是一坨屎。"

其他人都鼓掌欢呼。

"哦！哦！"

“我是马粪。”

“我是鹅屎。”

一个男孩指着我：“他是个犹太人吧。看他那样子。如果说我见过犹太人的话，那他就是。”

“是，他就快享受到了。”

那个说话的男孩正大力嚼着根腊肠，我看看他，问：“我要享受到什么？”

他嗤之以鼻：“草莓蛋糕。”

“我们都会享受到，”有人说。“我们都会好好地享受到。”

那个不笑的人走过来站在我面前，俯下身来，用手指摸着那块挂在我脖子上的黄色石头，说：“你自己说，这是什么？”

我说：“我不知道。”

“你从哪儿弄来的？”

“它一直就跟着我。”

他松开石串，往后退了一臂长的距离，用口水润了润手指，摸着我的脸说：“他是吉卜赛人。”

随即而来的是一阵急促的吸气声，仿佛发现奇迹一样，其他人都倾身向前，下颚颤动，大力抽着烟。

“你怎么知道？”

“看他的眼睛，多黑啊。还有他的皮肤，还有这个。”他拍了拍那块黄色的石头。

朝我喷烟的家伙问：“你是吉卜赛人，是吗？”

听起来很熟悉，我之前听到过这样的话，那是在一个房间里，在马车旁边，这样的话笼罩在我四周。

我点点头。

“把他撵走，”嚼着腊肠的家伙说，“我们不需要吉卜赛人。他们脏死了。”

朝我喷烟的家伙笑着说：“看看是谁在说话。”

只有一只胳膊的男孩第一次开口说话：“除了犹太人，他们最恨的就是吉卜赛人了。”

“有点不一样。”有人说，“不是每个人都讨厌吉卜赛人，但是所有人都讨厌我们。他们对我们的厌恶是其他人比不上的，就连在美国华盛顿，他们也讨厌我们。”

有人用可怕的声音说：“因为我们煮婴儿，用来做逾越节薄饼。”

每个人都笑了，到处扔食物。

“我们喝人血。”

“我们用吸管透过人的鼻子吸他们的脑髓。”

“连食人族都讨厌我们。”

“连猴子都讨厌我们。”

“连蟑螂都讨厌我们。”

杂七杂八的话语、笑声、面包和腊肠在烟草的烟雾和马腿之间乱飞。手伸向柱子，金黄色的手镯、果酱罐子、彩绘小动物和自来水笔飞来飞去。杂物砸得马的侧身一颤一颤。一个白色和紫色夹杂的玻璃鱼突然砸在我的前额上。一块狐狸皮在飘扬，原来是个男孩把它围在肩膀上到处游窜，边跑边吻着狐狸前凸的嘴。

马厩的主人叫嚷着走出来了，我们撒腿便跑，像蟑螂一样纷纷往外逃窜。我和乌里一起跑，巨大的爆炸声越来越响，天上的云是褐色和黑色的。

我们跑过大街小巷，到了一个砖砌的小房子后面。乌里突然打开一个木制的窗子，我们跳进一个阴暗、冰冷的地下室。乌里拉下窗子，切断了日光，拍拍电闸，一个裸露在屋顶蜘蛛网间的灯泡点亮了。

乌里指着上面说："那是个理发店，理发师留下所有东西走了，我明天带你去看看。"

地下室有人住过，地上铺着地毯，有床、椅子、收音机和抽屉箱，甚至还有冷藏柜。

"今晚你先睡地板，"他说，"我明天再给你弄张床。"

爆炸声停了，也可能是我没听见而已。我们吃着面包和果酱，还有腌肉片。

我问："我要享受到什么？"

他看也不看我一眼："你听见了的，草莓蛋糕。吃吧。"

4

第二天早上我起来的时候，乌里已经走了。回来时，他拖着一张床垫，床垫很小，大约相当于他自己的一半大小，但这对我已经足够大了。

我躺在床垫上。乌里把我拉起来，吓斥道：“现在还不行！”把我拖到外面。

我们走到购物区，那儿有很多大商店。不过有些商店也没有以前那么大了，被大炮轰过后，只剩下坍塌的砖块。沿街望去，在本来应该是商店所在的地段，我看到许多空地，就像缺了牙齿一样。

我们走在商店背后，窄巷两旁是卡车、垃圾箱、眼神警戒的猫。

乌里说："在这儿等我。"他在通风井和防火梯、安全门的迷宫中消失了。回来的时候，他双臂挂满了衣服。"给你的。"他说。

我伸手想拿。

"别动！跟着我！"

他带着我走，到了一个炸得只剩背面那扇墙的建筑那儿，我们爬过砖块、木屑和弯曲的管子组成的废墟。"当心玻璃。"他说。我不时被时装人体模型的头和手绊倒。在一座被削去半扇的楼梯旁，乌里试了试，说："还行。"我们走下楼梯到了碎石堆里。乌里每次看到水管旋钮，都会去打开，有时候有水流出来，有时候啥都没有，这次我们恰好停在一个能出水的水管旁。

"把那些烂布脱下来。" 他说。我脱光了衣服。他把新衣服放下，在那堆瓦砾中翻翻捡捡。他带着个人体模型的腿和一把硬毛刷回来，把人体模型的腿注满水。我说："我不渴。"他朝我泼水，用刷子擦我的身子。

一开始，我觉得非常舒服，然而很快就不是了。乌里不断地朝我泼水，让我猝不及防。刷子往下刷，刷完我的脚底之后，乌里又从我的脸刷起，一边刷一边嘀嘀咕咕，似乎要把我的皮刷掉。我扭来扭去，大喊大叫。

他终于停下来了，说："真是小孩脾气。"他用衬衫擦干我的身子，我痛得尖叫。他索性把我身上没擦过的地方直接拍干。

他愤怒地盯着我："你从来不洗澡的吗？"我盯着他："从来没有想过要洗澡。"

随后，他给我穿上干净衬衫，还有宽松的短裤。我们从碎石堆里爬出来，走到人行道上，人们都看着我们。离家还有一半路程，我感觉非常舒畅，觉得自己变了个人，感觉到洒落在皮肤上的空气、阳光。乌里把鼻子伸到我脖子边，用力闻了闻，点点头。

回到地下室后，我们吃糖霜甜饼和浸在糖浆罐里的李子，之后他带我到楼上的理发店去。我以前从来没有进过理发店。他说得对：理发师留下了所有东西。一排排五光十色的液体——绿色、红色、蓝色——排列在一个大镜子下方的架子上。

乌里说："你从来没有剪过头发，是吗？"

我说："是的。"

"坐下。"

我爬上那个红色的，铺着软垫子的椅子。他把我转来转去，弄得我头晕目眩。他调了调椅子的控制杆，让我坐得高一点儿，抖出一大块布，把我裹住，又从玻璃罐子里抽出梳子和剪刀给我梳剪起来。很快，我的头发就像野兽的软毛那样了。

"好了，"他说，"用哪一个？"

"哪一个？"我重复他的话。

他指了指那些瓶瓶罐罐，我搞不明白为什么他给我剪过头发之后，要让我喝水，但我并没有争辩。我早就学会了：永远不拒绝食物。

我指着一瓶蓝色的："那个。"

没想到他并没有给我喝，而是把那瓶蓝色液体倒在我头上，用手指在我头发里到处搅动，然后用梳子梳。很快，头发就变得湿润闪亮了。

外面，过往的人都行色匆匆的，很多人扛着铁锹。

我问："他们要去农场吗？"

乌里说："他们要挖战壕，不让坦克过来。"

"坦克是什么东西？"

"很快你就知道了。"

士兵奔跑着行军，吹着口哨。人们背着肥大的包裹，包裹肯定很重，因为每人只背得起一包，手推车也只不过能推三包而已。

我问："包里装的是什么？"

他说："沙子。"

我发现沙子包的去处了，通道口、屋顶和街尾布满了机关枪，沙包就堆在机关枪前面。

一辆电车咔嚓咔嚓在轨道上停了下来，我和乌里跳上电车，在车边找到个立足点，紧紧抓着窗边的柱子。风吹着我新剪的头发。行人非常生气，朝我们皱起眉头。"滚开！"他们说。

乌里和我说："看。"

一个小男孩在人行道上跑着，跑得跟我们一样快，他就是朝我脸上喷烟的那个伙计。他双臂抱着一盏裸体女人形状的白色透明玻璃灯，灯罩掉了，但他继续跑，在街道人群里迂回前进。我在他背后看。有个男人追着喊着："拦住他！"

乌里在电车的侧边摇摆，就像一扇门。他朝小男孩挥手："嘿，库柏！"

库柏边跑边朝上面看了看："嘿，乌里！"

这时有人伸出一只脚绊倒了库柏，库柏四肢大张，白色透明的裸体女人在人行道上摔得粉碎。"抓住他！"有人叫嚷着，街道上的人把库柏围住。

乌里说："他们抓不到他的。"

电车咔嚓咔嚓在轨道上开动，我看见有人摆腿要踢库柏，库柏突然从人群中跳起来，在街上狂奔，把人们的咒骂和嘲笑声甩在身后。

乌里摇着头，面目狰狞，"蠢货，蠢货。他们拿走了所有东西，毫无节制地拿！"电车在我们头上咣咣作响，他看了看我，"只拿你要的东西，听到了吗？"他捏着我的鼻子，直到我眼里流出泪水为止。

我号叫着："听到了！"

刚才，行人们只关注着人行道上的骚动而忽略了我们，现在他们又注意起我们来了。一个戴着银色领带的人凶狠地对我们说："滚，滚开！"有个小男孩朝我们吐舌头，接着一个穿着狐狸皮衣的女人从走道上走来，越过座位，拉上乌里抓着的窗子。我大叫，但乌里不为所动。狐狸皮衣女人的眼球就像黑色的大理石弹子，她也要过来关我的窗子，突然一个巨大的声音把她震住了——不是电车发出的咣咣声，而是警笛。我们前头有商店爆炸了，火焰直往外窜。

人们惊慌乱叫。电车猛地刹车，跌跌撞撞停了下来，转眼车就空了，连司机也消失了，跟着街上的人群跑了。

这时候，街道上空无一人。空气中充满了由警笛的悲鸣和爆炸物砰然落地的声响组成的奇怪的乐曲。

我双手一拉，上了电车，推开夹住乌里手指的车窗。乌里摔到地上，不一会儿，就又出现在车门边，他双手在空中挥舞，欢呼："噢！噢！"

我以为他是庆祝他手指得到解放，但其实是别的事情。"我一直想开开这样的车。"他坐在司机的位子上，盯着操控台，推推这个，拉拉那个，电车摇摇晃晃动了起来，沿着轨道走了。

车驾得真是太棒了！乌里向这向那转动着控制杆。他试着怎么能让车跑得快一点，车马上就快了起来，电车和我们一道咆哮着，在这座荒芜的城市里驶过。浓烟在屋顶上空升起，像巨人在抽着雪茄。乌里告诉我怎么拉响车铃，我拉呀拉呀，车铃声掺和在爆炸声的乐曲中。

后来我们来到一个拐弯的地方，电车要在那儿掉头，但乌里没有减速，电车蹦出车轨，就像是驾着一栋房子撞进其他房子里。我们撞碎了一座餐馆，穿过一片红色桌布覆盖的区域，伴随着刺耳的咔嚓咔嚓声，进入厨房。一路上我们都没看见什么人，也没有人冲我们喊，“停住！停住！”直到我们来到烤箱前，一堆泡菜泼溅到电车的挡风玻璃上。这时，电车才停了下来，我们离开自己的位置，四处闲逛，乌里像狼一样嚎叫着，烤箱的通烟管像棵树一样摇摇欲坠，我仍然笑着，不停地拉着车铃绳子。

5. 秋　天

不久，飞机来了，乐曲中多了飞机黄蜂似的嗡嗡声。我想出去看看飞机，但是乌里不让我到外面去。

我问：“为什么我们不能出去？”

他说：“飞机会扔炸弹下来的。”

我想：这就是敌人干的事儿，他坐着飞机在你的头上飞，发现你在下面的街上，他就伸出手来，扔颗炸弹砸你的头。

在我的想象中，炸弹就是黑色铁球，大小和泡菜罐差不多。

警笛每天都在咆哮，告诉我们炸弹来了。白天我们在地下室里待着，只有晚上才出去，这是我对炸弹的切身体会。太阳好像被刺破了，屋子外面，整座城市到处燃着火。

这就是日日夜夜发生的一切。

某些夜晚，我们似乎是城里仅有的两个人，不用偷抢，直接走进空无一人的面包店、屠宰场、杂货店里，随意拿我们想要的东西，然后出来，回家。街灯都是黑的，我们用不着逃跑。

有时夜里我们去马棚，其他伙伴都在那儿。大伙儿把食物拢成一大堆，在还没吃之前，我们就在食物堆里摔跤，把手臂长短的腊肠当做棍子互相打闹。烟卷末梢在黑暗里闪着橙色的亮光。马都不在那儿了，马厩主人再也不会来大喊大叫了。

有一天，连警笛也不叫了。

乌里和我回到我们地下室的家，乌里说了一句“在这待着”就到外面去了。他回来后，说：“我们走。”乌里在他和我的口袋里分别塞了团干酪，我们穿过理发店来到街上。

我们走得很快，我快要跟不上了，乌里拉着我的手拽我走。人们都出来了，大家都朝前走，和我们的方向一样。我们走过那辆黑色，弯曲的电车残骸。倒塌的建筑物墙壁散落在人行横道上，有时我们得快跑穿过街道的中心。到处都是成堆的沙包。

大家都行色匆匆。在我看来，机关枪就跟螳螂差不多。飞机在头顶上空飞来飞去，但是没有扔下炸弹。

我看见有人在跑。跑可是我的生命，看见有人在跑，我就受不了继续慢慢走了，我挣脱乌里。有人在跑，这是个比赛！虽然不知道终点线在哪里，但是我一定要赢。以前很多人对我大叫：“站住！”但从来没有人能抓住过我。人群涌进街道，街上越来越挤，我飞奔穿过人群，超过其他在跑的人。我不在乎有多少人跑——我一定能打败他们。我边跑边笑。

我觉察到一阵响声，还没听见之前，我就觉察到了。声音似乎从街道下面深远的地方轰隆轰隆地传过来。同时有另一个响声，像个大鼓，或者说像成千只鼓，我越是往前跑，它就越响。人们聚集了起来，像被炸毁的石块那样堆积着，他们之间的空隙消失了，但我仍然能够找到空隙——我总能找到空隙——我在人群中飞奔，闻到终点线的气息了，突然，我挣脱出来，闯出了庞杂的人群，眼前一片开阔，擂鼓声震耳欲聋。“我赢了！”我大叫着，举起双手庆祝胜利。忽然不知什么东西打到我的耳朵，我倒在地上，鼓声在我四周翻滚。我抬眼看，瞧见了很多长统靴子。这是我看到过的最高、最黑、最亮的靴子，这是一个看不到头的队列。突然，我在一只靴子上看到自己受伤裂开的脸。

我晓得我看到的是什么了，乌里经常对我说起他们，我气喘吁吁地说：“长统靴！”

靴子非常壮观，人像是附在它们上面，看起来倒像成了靴子穿着人。它们走起来也和普通的鞋子不一样，这是军靴。当一只靴子笔直僵挺地站着不动，另一只则笔直往前摆，一直摆到我能从下面穿过的高度才回落到地上，另一只靴子又离地摆出。上千双靴子整齐划一地往上摆，落下时就像是一个千脚巨人的脚步。树叶扬起。

长统军靴们一直往前行进。乌里后来告诉我行军的街道非常宽阔，宽到不该叫做街道，而是林荫大道。

接着我悬挂在半空中，一只手把我提起来，我在街道上空摇摆了一阵后，又重新站定了。一个士兵低头朝我微笑，他的靴子在我肩膀旁边，灰色的滚边制服点缀着银质勋章，帽子边缘像靴子一样乌黑闪亮，帽顶上闪耀着一个银白色的鸟样图章——我知道马棚里的伙伴们肯定想要偷走这样的东西。

那士兵低头朝我微笑，他搅了搅我的头发，捏了捏我的面颊，说：“犹太小矮子，很高兴能见到你啊，是吗？”

“我不是犹太人，”我拉出黄色的石头，告诉他，“我是吉卜赛人。”

听了我的回答，他很高兴：“啊，原来是吉卜赛人。好！很好！”

他两手抓住我，把我举起来，放回到街边人群的前面。他说：“再见，小吉卜赛。”他脸上的笑容随即消失了，笔挺站直，啪的一声，靴子后跟突然紧靠合住，他给我敬了个礼，走了。

长统靴士兵们继续行进。过一会儿，乌里找到了我。我说：“看，那是长统靴子！”我以为他会欢呼，但他没有。他站在我身后，手搭在我肩膀上。人们的脸上看不到丝毫欢呼，甚至连微笑的模样也没有。我很惊讶：如此壮观的景象，难道他们一点都不为所动吗？

这时，远处轰隆的响声越来越大，已经开始压过长统军靴们的鼓声了。我总是仰望天空寻找雷声，但这次雷鸣般的轰隆声却是脚底传来的。街道在颤动。我看到它们了……

“乌里。”我大叫。

“坦克！”他说。

灰色，巨大，带着长长鼻子的甲虫——坦克，四个四个一排，在林荫大道上咆哮着驶来，天空在摇晃，我立刻就意识到试图用沟渠、沙包和机关枪阻止这些坦克是多么愚蠢的举动。我用手捂住耳朵。一束白花从人群中飞出来，撞到坦克的铁制侧翼，分裂成朵朵花瓣。我没有花，我把我的干酪扔了过去。

6

第二天早上，乌里和我到外面看看有什么不一样。坦克开走了。长统军靴们像我们一样四处闲逛，他们看着过往的人们，互相说着话。我不由自主地盯着他们看。

有一群人在跑。我们转了个弯，看见一辆护板打开的卡车，人们纷纷抢夺士兵往外扔出来的面包。我们嚼着干酪，看着这一切。我从没碰到过派发面包的事儿，我看得出神。

我们往前走，到了另一堆聚集在人行道旁边的人群那儿，他们围着什么东西在看。“别去。”乌里对我说，但我还是去了，尽力挤到前面。在一桶水旁边，有个长着灰色长胡须的男子，穿着过膝的黑色长外套，他正用胡须沾水擦洗人行道。两个长筒靴士兵笑着站在他前面，人群中的几个人也笑了起来。穿着黑色外套的男子没笑。

我回到乌里身边，拉了拉他的手，“过来看看，有个人在用胡子洗人行道。”

乌里捶我的头，“你真是个笨蛋”，把我拉走了。

前面发生的别的事情让我们停了下来。两个士兵站在另一个穿着黑色衣服的长胡须男人前，其中一个拿着把剪刀，剪掉黑衣男子的胡须和卷在耳朵边的黑头发。

我跑去和士兵说：“把他们带到我们住的地方，我们住在理发店。他可以坐我们的红椅子。我们那有各种生发油。”

士兵盯着我，乌里一把把我拉住，和他们说些我不懂的话，他们大笑，乌里拽着我走了。

我们听见士兵在后面笑。我心里有这样的想法：长胡须、穿黑色外套的人不会笑。

那天晚些时候，我们坐在床上吃巧克力蛋糕。

乌里说：“别靠近长统靴士兵。”

我说：“他们对我笑。”

“他们讨厌你！”

我笑着说：“他们不讨厌我。他们说‘很棒，小吉卜赛’。他们还向我敬礼。我也想成为穿长统靴的士兵。”

他一巴掌把我的蛋糕打飞：“你不是长统靴士兵，你永远也不是长统靴士兵。你就是你自己。”

我捡起我的蛋糕，我仍然想证明我在某些方面是对的，我说：

“人们喜欢坦克。他们跑去看坦克，看得很入迷。”

“他们讨厌坦克！”

“有人朝坦克扔花呢。”

他哼着鼻子说：“那是懦夫。如果有长统靴士兵说‘去吻坦克屁股’，也会有人照着去做的。”

我想着坦克的屁股，笑了。

那天晚上，我躺在床上，黑暗中传来乌里的声音：“你要起个名字。”

我说：“我已经有了。”

“一个真正的名字。”

我疑惑地问：“为什么？”

“你就是该有一个，没什么原因。我想知道怎么叫你。”

“叫我笨蛋就可以了。”

他笑了。

“你不记得你父母怎么叫你的吗？”

“我对我父母没有印象了。”

我们都陷入沉默。我用指尖抚摸我的黄色石头，我记起轰隆的笑声和明亮的色彩，马的气息和不知道什么东西的甜味。我记得我骑在某人的肩膀上，他的头发在火光的映衬下闪闪发亮。

后来，乌里的声音又传来：“我有个弟弟。”

“他死了吗？”我问。

“我想是吧。他肯定死了。”

“他有名字吗？”

“约瑟夫。”

“他和我一样小吗？”

“那时候是，不过他长得很快。”

“你记得你的父母吗？”

“记得，不过记忆越来越淡了。”

我在黑暗中问：“你记得骑在他们肩膀上的事情吗？”但乌里没有回答。

我闭上眼睛，反复想着乌里的话：你就是你自己。

“什么是‘我自己’？”我想。

我脑海中想起了黑色衣服男子用胡须擦洗人行道的情形，还有另外那个男子，以及那个拿着剪刀在笑的士兵——剪、剪——头发飘落在人行道上，黑色的头发，飘落……

虽然黑暗中什么都看不到，但是我还是瞪着眼，冲口而出：“他们是犹太人！”

乌里哼着鼻子：“谁说你是笨蛋？”

7

那是我的美好时光。

冰柜、地下室的架子上堆满了食物。我们吃桃子夹心糖果、花生酱鱼子酱三明治；吃苹果和柠檬味的丹麦酥皮饼、奶酪团，还有山胡桃木熏制的鳟鱼。糖果整天不离口，我最喜欢吃的是带榛子的奶油乳酪，但通常糖果盒里只有一个，甚至连一个都没有，而且我也不能一眼就分辨出它们来，所以为了寻找战利品，我咬开了几百颗巧克力糖。我迅速扫荡糖果店，把一箱箱食物扔进麻布袋，然后伴随着“站住！小偷！”的合唱冲出去。回到家，我疯狂地在食物箱里扒找榛子奶油乳酪，其他的都抛到旁边。乌里骂我浪费，除了糖果，所有我咬过的东西，他都逼我吃完。

乌里爱吃泡菜——大朵大朵肥厚多汁的泡菜，它们浮在杂货店的盐水桶里。有时，吃泡菜的欲望突然向他侵袭，乌里会一跃而起：“走。泡菜赛跑！”

我们进行了很多次泡菜赛跑，因为乌里只吃新鲜的泡菜，泡菜离开盐水一天以上，他就对它竖起鼻子，这意味着我们要一直找新的商店。大家都没看见他拿了什么东西，但很快杂货商就开始注意到：只要有个红头发的男孩进了商店里，泡菜就会不翼而飞。

在去找泡菜的路上，乌里不允许我抢其他东西。乌里不希望他的“泡菜赛跑”被我的“抢了就跑”搞糟。但在回来的路上，他心满意足地吃着他的战利品，这时候我就可以为所欲为了。

乌里经常从商店货物架或者柜台上拿东西。而除了糖果之外，我都是直接从人身上抢。我们四处游荡，泡菜汁从乌里的下巴飞溅到人行道上，有时我看见想要的东西，抢了就跑，跌跌撞撞穿过人群，而乌里嚼着泡菜走开，装做不认识我。

回到家，他会说：“你怎么做到的？”

我会耸耸肩说：“我就是能做到。”

“你真厉害！”他说，听到这儿，我心里会觉得像是吃了榛子奶油乳酪一样。

有时候乌里会自己出去，他说这叫侦查，他叫我待着原地不动。

有一次我没有待着不动，那是长统靴士兵来后不久，我突然想到林荫大道上再看看士兵游行。我相信游行永远不会结束，日日夜夜持续不停。但我却错过了！

我爬出地下室就开始跑，跑到林荫大道上的时候，却没有看到游行队伍。到处是电车、汽车，人山人海，就是没有游行。看到两个长统靴士兵走过，我跑过去问他们："哪里有游行？"

高个的士兵笑着说："你来迟了五天，早就结束了。"

我试图搞清楚情况，问："坦克走了吗？"

"还没走。"

我告诉他："乌里说你们讨厌我，但我不相信。"

"很好。"

"以后有机会我也想当个长统靴士兵。"

高个儿士兵对另一个说了些什么，但我听不明白那些话。他伸出手，手指在我的短发间游走，说："总有一天你可以的，小黑鬼。你是犹太人吗？"

我回答说："不是，我是吉卜赛人。你是犹太人吗？"

他又笑着和另一个士兵说了些话，那个士兵没有笑。"希望不是。"他说着，然后两人继续往前走了。

我看见个女人拿着奶油泡芙——别问我怎么知道那是奶油泡芙。那是个用白绳子绑着的普通糕点盒子，我天生就对那些东西有直觉。从我记事开始，我就在偷抢东西，或许这种直觉就是这么产生的吧。

我在后面跟着她。因为天气寒冷，她穿着件红色外套，纯黑的长筒袜缝合线从脚后跟一直延伸到外套边缘，金黄的头发打那顶小黑帽里飘逸出来。糕点盒在一只手上摇晃着。

她没有尖叫——并不是每个被抢的人都会大喊大叫的——抢了她的糕点盒之后，我并没听见身后有尖叫声，也没有脚步声，她也不追我。但我仍然继续跑——我总是在跑，我不知道怎样才能停下来。抢了就跑，然后吃，这就是我的生活。

所以我继续跑，或者你也可以说是我在自己追自己，我在街角转了个弯，突然仰面朝天倒在地上。我撞到人了，一个只有一只手的男孩。

“吉卜赛人！”他大声叫。

“我的奶油泡芙！”我也大叫。

奶油泡芙散落在人行道上，他的樱桃卷饼也散落一地。他捡起一块奶油泡芙砸在我脸上，我也砸了他一块。我们从脸颊上刮下香草味的奶油泡芙吃。我们从人行道上刮下香草味的馅儿和草莓浆，不是吃，而是互相朝对方扔去。我们仰头摔倒在地，大笑。为了避开我们，人们绕进街里。

“好了，好了，”一个声音说，“小贼们。”

是个长统靴士兵，正低头咧着嘴对我们笑——我们撒腿就跑，独臂侠一个方向，我朝另一个方向，快得像苍蝇。长统靴士兵的笑声渐渐消失了。

我跑过小巷，不知道自己在哪里了，但没关系，只要我还在这座城里就够了——这是我所知的唯一世界。

我误打误撞来到一个花园里——有些人家的后院有小花园。这个时候，花园里全是干枯的根茎、树枝和落叶，这座花园也是这样，但一根往上长的茎上挂满了绿色和红色的果实，是一株西红柿，也许是这个季节里仅存的一株西红柿。我知道一些季节的知识，但对年、月一无所知——这对我没有啥用。现在我知道这些事情是发生在一九三九年的十月。

很多绿色的西红柿在藤蔓上摇晃，其中有两个是红色圆滚滚的熟透的。我还饿着呢，摘下一个红色的西红柿，双脚交叉坐在地上吃。西红柿汁溅到我的脸颊上，就像泡菜汁总是从乌里嘴里溅到脸颊上那样。我摘掉另一个熟西红柿，边吃边转过双眼朝房子后面看，有人坐在台阶上，是个小女孩，她正注视着我。

除了乌里和其他伙伴，我从来没有在别人注视之下吃东西。每次都是逃跑之后再吃，而这次，我没有动。我坐在那儿吃着城里最后一颗红西红柿，她看着我，我也看着她。她的肘部撑着膝盖，双手捧成凹陷的杯子形状撑着前倾的脸。她卷曲的头发像面包硬壳的颜色，眼睛是栗子一样的棕色，而且非常大。

吃完西红柿，我站起来走了，没有跑。我回头看，她还在那儿注视我，圆睁着眼，一眨不眨，让我觉得似乎我才刚刚出现，好像她先前一直没有看见我似的。我已经离房子后院很远了，还忍不住往回看。

我告诉乌里我发现两颗成熟的西红柿，摘来吃了，他不相信。

停电的第一天，乌里对我说：“喂，我想好你是谁了，你的名字是米萨·毕苏斯基。”

他同时把剩下的故事告诉我……

我，米萨·毕苏斯基，出生在一个苏联吉卜赛家庭。家里有两个曾祖父和一个一百零九岁的曾曾祖母，我们坐在一共由十四匹马拉着的七辆四轮车上，不停地从一个地方搬到另一个地方。另外还有十九匹马跟在马车后——因为我爸爸是个贩马人。我妈妈能用牌算命，她能通过看牌告诉你你什么时候死，能通过观察你的眼睛，告诉你将来结婚的对象是谁。

每天夜里，马车停在河边的小树林里。我们小孩子的杂务事就是捡柴，喂马。我最喜欢的一匹马叫做格里塔，那是匹杂色母马。每天晚上，我的一个兄弟会把我抱到格里塔的背上，我装出一副骑马前进的样子。

我有七个兄弟和五个姐妹，我并不是最年幼的，但是却是长得最小个的。我这么瘦小的原因是曾经被一个补锅匠诅咒过，他不喜欢我妈妈说出的他的命运。

作为吉卜赛人，也就意味着我们可以属于任何地方，所以我们来到了波兰。我爸爸卖了很多马，我妈妈给很多人算过命。后来长统靴军队的飞机轰炸我们，那时战争还没有开始，军队的飞机只是在为战争做演习。军队统领告诉飞行员他们可以拿犹太人和吉卜赛人做演习。所以当一个长统军靴飞行员看到我家那七辆坐满吉卜赛人的马车，他就立即朝我们扔下炸弹，一同扔下的还有防护眼镜和他口袋里所有的东西。

幸运的是，我们抬头看见铺天盖地的东西从天上落下来，就立刻散开了——七辆马车朝七个不同方向散开。我和我爸妈一起，他们很沮丧，但我没有，因为我最喜欢的马儿格里塔和我们在一起。随后，某天晚上，当我们露宿在小树林里的时候，几个波兰农民——他们厌恶吉卜赛人超过长统靴士兵厌恶犹太人——拿着火炬过来，绑住我爸爸妈妈，抢走了我和格里塔。

格里塔和我给农民做了很长时间的奴隶，他们只给我们吃萝卜和猪奶。一天，格里塔冲破马厩逃跑了，第二天我也跑了。我找啊找啊，在整个波兰找格里塔和我的家人。最后，我来到华沙城，为了不饿死，我在这儿学会了偷东西吃。

我再也没有看见过格里塔和我父母，还有我的兄弟姐妹们。

所以，谢谢乌里，在波兰华沙城某个地方的理发店下面的地下室里，在一九三九年秋天，我出生了——你可以这么说。他漏掉了一个细节。我在乌里面前晃了晃我的黄色石头："这个怎么解释？"

他盯着看了看："噢……这是你爸爸的，他给你的。"

我还不满足，说："就这样吗？"

他说："后来你就被绑架走了，就是这样了。"

我喜欢这个故事，一听到这个故事我就融进里面去了，我爱我自己。接下来的几天，我很少做其他事情，而是盯着理发店的镜子，入迷地看着镜子里面的脸，那张脸也盯着我看。

"米萨·毕苏斯基……"我一直念叨，"米萨·毕苏斯基……米萨·毕苏斯基……"

后来，我渐渐不满足于仅仅是盯着自己看，对着自己重复念自己的名字了，我要和别人说我的故事。

8

心里想着那块西红柿地和小女孩的眼神，我回到那个后院。她不在那儿了，西红柿也不见了，连最小的绿色的西红柿都没了。但有很多画在纸上的箭头，纸被刺破挂在小树枝上，树枝插在地上。

我沿着箭头方向走，它们把我领到花园的一个很远的角落，最后一个箭头指向地下。我用手在地上挖，挖到一样东西，我把它拔出来，擦掉上面的泥，是个裹着金黄色箔纸的胡桃大小的东西。我把箔纸剥开，原来是块巧克力糖果。我把它掰开，里面有樱桃，红色的汁流到地上。我把糖果吃了，还舔舔手指。虽然不是榛子奶油乳酪，但也差不多了。

我抬起头，看见那个小女孩在台阶上。

“你喜欢吗？”她问。

“喜欢，”我说，“但我最喜欢的是奶油乳酪，加榛子的。”

“我春天种的，”她说，“我种了颗马铃薯种子，应该是马铃薯。但到了挖马铃薯的时候，却没有人去挖它。大家都把它忘了。”她伸开双臂，耸耸肩，告诉我大家都忘了它了。“后来它就变成糖果了。马铃薯在地下待得太久都会变成这样的。你知道这些吗？”

“不知道，”我说，“我叫米萨·毕苏斯基。我是苏联来的吉卜赛人……”我拿出黄色石头：“在我被绑架之前，我爸爸给了我这个。”我把关于我自己和我家里的所有情况都告诉了她。

她双眼圆睁，下巴撑在手上听我说。说完后，她说：“偷东西不好。你在看什么？”

我说：“你的鞋子。”我喜欢看她的鞋子，那双鞋子像她的眼睛那样乌黑闪亮。

她伸出脚，转转脚踝，把脚伸到我的面前，说：“看，看看你自己。”

我在鞋面上看见自己了，跟在理发店的镜子里一样清楚。我看着……看着……突然她笑了。我很专注地看着自己的影子，居然没有注意到她正慢慢放下脚，她的脚已经落到台阶上了，我仍然双手撑地，跪着一直看。

我们俩都笑了。

后来我问：“你是犹太人吗？”

她像鱼一样嘟起嘴，屏住呼吸，把手指放在唇边，摇摇头。她用手围住我的耳朵，小声说：“是的。但我不能告诉任何人。”

我说："你爸爸要用胡子扫人行道吗？"

她皱着眉头说："我爸爸没有胡子。"

"你煮婴儿吗？"

她说："当然没有。什么愚蠢的问题！"

我说："我是个愚蠢的男孩。"

她扬起头盯着我："你多大了？"

"我不知道。"——乌里没有告诉我这个。

"我六岁了，"她说，"但明天我就七岁了。我要举行一个生日晚会，你要过来吗？"

我回答说好。

她从台阶上跳起来，来到我面前站住，她走得非常近，近到我们能互相碰到对方，她说："站直。"我站直，透过她头顶棕褐卷曲的头发看着她家后院。

她把手放在她的头顶上，用力压下卷曲的头发，往前走，直到接触到我的鼻尖，然后逐渐往后退。

"我到你的鼻子高，"她说，"所以你应该是——"她盯着我，仔细想了想，手指掰开下唇，露出缺了一颗的下排牙齿——"八岁！"

她跑到后门，又转过身来，指着我用细弱、鸟叫般的声音说："别忘了……明天的宴会。"然后进了屋。

第二天我来了，她站在台阶上，手放在屁股上，生气地看着我，一件及膝的粉红色衣服在黑色天鹅绒外套下面隐约可见，头上戴着红色蝴蝶结，像顶小帽子。她弯腰对着我——我在她黑色闪亮的鞋子上看到那颗红色蝴蝶结——“你迟到了！”

“什么是迟到？”我问。

“宴会应该开始了，但我和他们说还不行，要等你来。有两个朋友已经走了。”

她生气地咕咕哝哝，拉着我走上台阶，进到屋里，大声说：“他来了！”

脚步声从四面八方传来，有跑的，有走路的。房间里有张大桌子，桌子上是食物，玻璃碗装着各种甜饼和糖果，但我眼睛一直没有离开桌子中间的蛋糕。我从来没有见过这么漂亮的蛋糕。蛋糕是长方形的，像是撒上糖粉的花园：蓝色、黄色、绿色的撒着糖粉的花；撒着糖粉的红色小屋，蓝色的糖霜烟雾从烟囱冒出来；还有只撒着糖霜的小动物，看起来有点像小狗，但也可能是只猫。蛋糕中间用黄色糖粉不知写着什么。

大人们和三个穿着鲜艳衣服的小女孩围着桌子，小女孩盯着我咯咯地笑。一个女人开始往蛋糕里插蜡烛，一支蜡烛恰好穿过那座红色的房子，接着一个男人斜着身子拿着一根点燃的火柴，他把火柴拿到每根蜡烛上，直到所有蜡烛都点亮为止。我很震惊，他们要把蛋糕烧掉！没有时间了，我马上吹灭蜡烛，抓过蛋糕，逃出房子。雪花在我脸上盘旋。

我把这些事情告诉乌里后，他倒在床上开怀大笑。我喜欢乌里笑的样子——红色的头发看起来更闪亮。后来他和我说了些生日蛋糕和蜡烛的知识，我听了也笑了。

由于我一路跑，那个漂亮的生日蛋糕碎裂得像被炸毁的人行道。乌里说：“看来我们要自己吃完蛋糕了。”在吃之前，乌里看了写在碎裂的蛋糕上的话，他告诉我，上面写着“甄妮娜，生日快乐”。我用手挖起这句话，先把它吃掉。

第二天，我从面包店里偷了个我能找到的最漂亮的蛋糕。等到天黑，我拿蛋糕去那个叫做甄妮娜的女孩家，把蛋糕放在屋后的台阶上。我从口袋里拿出蜡烛，插进蛋糕，用火柴点亮，然后敲敲后门，跑了。

那天剩下的时光，我都在城里游荡，直到天黑才回家。在回家的路上，我一直听到嘈杂的声音。我拐过一个街角，看见有火在黑夜里烧着，我的第一个想法是：有人在开美妙的生日宴会。但燃烧着的却不是蜡烛，而是火把。在我白天偷蛋糕的面包店前面，有人举着火把，玻璃窗后面的果馅奶酪卷和大蛋糕在火光的照耀下若隐若现。有人在窗子上画了一个大大的黄色的五角星。

一个穿着长袜，拿着件外套的人从边门走出来，起初并没有人注意他，他说：“喂！你们在干什么？”

拿着火把和漆刷的人转过来，看到他，他们很兴奋。他们走到他身边，拿过他的外套，那伙人中的一个从背后抓住他的双手，另一个在他脸上涂抹用来画五角星的黄色颜料。涂颜料的那个家伙极力把那个人的胡子都涂抹过遍。然后他们脱了他的衣服，那人乱踢乱叫，有人拿着一束火把贴着他的脸，他才安静下来。在火光的映衬下，他的眼睛像面包店的窗子那样红彤彤的。

涂颜料的那个家伙把那人身体其余部分全都涂上颜料，白色、黄色，从头到尾。为了看得更清楚些，他们举着火把渐渐后退。被涂抹颜料的那个人看起来像是个伤心的小丑。那些举着火把、拿着刷子的人在狂笑，其中一个伸出手在那人屁股上划拉一通，引发了新一轮的号叫。后来有个人厉声说：“滚！滚！”那个被涂抹一身的人赶紧钻进家里去了。

从那时起，我注意到有很多火把在街上来来往往。到处是碎玻璃。我在另一个角落转弯，发现到处都是这样：火把、笑声、碎玻璃、拿着漆刷的人在涂抹窗子。

我听到一匹马跑过来，心头一动：格里塔！然而它却不是杂色母马。有人骑着马，但不是以正常的方式骑，他被倒着栓在马肚子下，长着胡须的下巴在马屁股下方上下震荡，脸在马尾巴的甩动中若隐若现。

我想：幸亏我不是犹太人。

回家的路上，我抬头看商店上方的窗子，有人住在那里，但窗子却都是黑漆漆、静悄悄的。街上的人扔石头砸玻璃，但仍然没有人出现，没有灯亮。

第二天一早，我拉乌里到外面看。还有人在涂抹商店的窗子，但这次涂写的人是长胡子的——是店主自己。

我问乌里：“上面写的是什么？”

“是‘犹太人’。”

“他们不是早就知道这些是犹太人了吗？”

“他们要让所有人都知道。”

“为什么？”

“那样就没有人再到他们的店里买东西了。”

我沉思了片刻。

“乌里，你要在理发店的窗子上写上‘犹太人’吗？”

“不用。”

“但你是犹太人啊。”

“首先，他们并不知道我住在那儿；其次，谁听说过红头发的犹太人？”

我想了更久。

“我呢？我要写上‘吉卜赛人’吗？”

“不用。”

“好。”我说。但实际上，即使要在窗子上写“吉卜赛人”，我也不太在乎。我甚至想，我可能会喜欢被人从头到脚刷成黄色和白色呢，尤其是如果他们不脱掉我的鞋子的话。但是被背天向地捆绑在马身上，脸在马尾巴下面藏进露出，这才是我真正害怕的。

这次我终于大声说：“幸亏我不是犹太人。”

乌里说：“先别高兴太早。”

9. 冬 天

他们在夜里来了，我能听见他们在我们上面不停地吆喝、大笑、砸玻璃、扔头发护理液——那可是五彩缤纷的漂亮东西啊。

乌里把我拖起床。“外套！外套！”我在黑暗中摸索我的外套。“鞋子！”我抓起鞋子。他拉着我，穿过从地下室通往后院的舱口。

我们走到外面的时候，他对我说：“快跑！”

我没有动：“我的糖果！”

他啪地打我一下。我们跑了，把叫喊声甩在后面。后面传来枪击声。那块黄色的石头在我脖子上跳动。

我们跑了很久之后，停下来穿好鞋子，继续跑。我们来到一座被炸毁的建筑物的残墙边，穿过碎石堆。玻璃在月光下闪闪发亮，霜雾在坍塌的石块和木料堆里冷冷发光。乌里拉着我的手，走下碎石堆。

乌里在周围打探了一阵，找到一个地方，说："好了，睡觉吧。"

我睡着了，梦见我站在水底，也可能是在瀑布下，又或许是在水龙头下，水泼到我的脸上，泼进我眼睛里，我喘不过气来，醒了。在碎石堆边上，我的头顶上方，有个小男孩，肩膀上用绳子绑着教科书，在湛蓝的天空下笑着朝我脸上撒尿。

"滚开！"乌里大声叫着扔个石块过去。那个小孩跑了。

我们从那里转到别处，再到别处，睡过许许多多地方，到处都是冰冰冷冷的。有时候我醒来，发现耳朵里塞满了雪花。我们再也没有睡过床，也再没有坐过椅子，也不能伸手从冰柜里拿吃的了。

我们在街上走，乌里一直四处察看，有时他迅速把我拉进巷口或者是房子之间的黑暗缝隙里。凡是窗子上画有五角星的商店我们都不进。

每次听到马叫，我总想看看是不是格里塔。

乌里要到越来越远的地方才能找到泡菜了。他总能找到肉和蔬菜罐头，水果和花生坛子，经常每样拿两个。糖果，他是专门偷给我的，每次我找到榛子奶油乳酪，我都笑得合不拢嘴，以致不能咀嚼。

以前，我到处都能看到棕色的面包纸袋，现在却少了很多。

一天，我从一个女人那抢了一片面包，那女人在我后面喊："站住！龌龊的犹太人！"

我站住，回头面对着她，以我能叫出的最严厉的声音冲着她喊："我不是龌龊的犹太人。我是吉卜赛人！我的名字叫米萨·毕苏斯基！"

她在空中挥舞着双手，向人行道上的人们大声喊："这是个龌龊的吉卜赛人！拦住他！"她开始追我，狐狸皮衣上棕色前凸的狐狸嘴巴在肩膀上一蹦一跳。

以前我从来没有对拿面包的女人生气过，我把袋子倒过来，把面包倒在地上，双脚蹦到面包上踩，然后一脚把它踢到街上。我嘲笑着那个追我的女人，大声叫："龌龊的面包婆！"迅速跑了。

第二天我偷了五块面包，每抢一次，我就冲着被抢的那个人喊我的名字：

"米萨·毕苏斯基！"

"米萨·毕苏斯基！"

"米萨·毕苏斯基！"

"米萨·毕苏斯基！"

"米萨·毕苏斯基！"

"你这个蠢货，"我回来后，乌里对我说。"太多了，你真浪费。"他拿走四块面包，"我拿给那些孤儿。"

"什么是孤儿？"我问。

"就是没有父母的孩子。"他说。

"像你一样？"

"我，库柏，还有我们全部都是。"

"除了我，"我说，"我有爸爸妈妈，还有七个兄弟五个姐妹。"

"我忘了，"他说，"除了你。"

我们把面包拿给孤儿们，他们住在一座很大的灰石头建成的方形房子里。乌里按门铃，门开了。

乌里说："科尔扎克医生，这是给孩子们的面包。"

科尔扎克医生是个秃头，长着浓密的白胡须，山羊胡像扫把一样，仿佛本该长在他头上的毛发全都跑到脸的下方了。他看着我们，微笑着点点头，说："谢谢！"我朝他身后的阴暗里仔细张望，希望能看见个孤儿，但他把门关上了。

我有了个新想法。第二天，我抢了两块面包，一块给乌里，另一块拿去那个叫甄妮娜的女孩家里。雪下了一晚，给花园盖上了一层白色毯子，枯黄的植物残梗刺破了白毯。我扫干净最顶层台阶上的雪，放下面包，敲了敲门就跑了。

第二天我过来看，发现面包不在了。

那是故事的开始。

10

从那时起，我就努力每天抢两块面包，一块留给乌里和我，另一块放在甄妮娜家后面的台阶上。有一次，我抬头看见她在窗子后面盯着我笑，我也笑了。

我渐渐发现，在我放面包的台阶上留有东西，橡皮糖、糖果香烟、精美的纽扣等等。我经常朝窗子里看，却再也没有看见过她。

一天，我把面包留下，拿起一个和我拇指指甲般大小的黑白相间的玻璃狗，我被它吸引住了。我边走边盯着那只小狗，把它放在指间反复转动。我快回到家了——那时我们住在一个马棚的干草仓里——

突然掉头跑回那栋房子，满脑子想的是砰砰地敲门让她出来，好让我和她说说话儿。

到那儿之后，我发现有人在台阶上，是个男孩。他回过头，一看见我，把面包塞进大衣就跑。我追着他跑，大声叫："站住！小偷！"我追上他了，一把抓住他的黑色长外套，他还在继续跑，他比我高出一个肩头，我像他的尾巴一样跟着他。突然我被绊倒了，松开了手。

我爬起来继续追。我们在人群中躲躲闪闪，人们却似乎对我们熟视无睹。他突然转过身来，我直撞向他的拳头。我再清醒过来的时候，发现自己躺在排水沟里。

天上落下了冰冷的雨滴，像针刺一样。嘴里不知塞着什么东西，硬梆梆的，我吐出来，是颗牙齿，我捡起来放进口袋。玻璃狗已经摔得粉碎。

回到家，乌里睁大眼睛看着我："发生什么事了？"

我跟他说了经过。

他说："你太小了，打不过人家的。别打架。你跑嘛。"

他把我打理干净，给我擦掉脸上、耳朵和脖子上的血。一碰到脸，我就疼痛不已。他不停地嘀嘀咕咕："愚蠢……愚蠢……"

下一次，我不再愚蠢了。这次我夜里去，街上一个人也没有，我不知道人们都去哪儿了。街灯就像是捧在金手指上的一个个月亮。

甄妮娜家后面一点亮光都没有。我用手指在台阶上摸索着前进，手感觉到有东西，我把它装进口袋里，把面包放在台阶上。抬头看看窗子，窗里比夜色还要黑，甄妮娜肯定是在屋子里的某个地方睡觉呢。我向黑暗、空无一人的窗口挥挥手，走了。

回到街上，我听到有人在叫，转过身，看见有人站在街头的隐蔽处。后来他走出到光亮的地方，我听见砰的一声，一道亮光闪过，觉得耳朵被猛扯了一下。我伸手往上摸，耳垂不在了。有人朝我开枪！我急忙躲进最近的一个通风井，在小巷子间寻找回家的路。

因为耳朵受伤了，我大叫不止。乌里走过来，我告诉他事情的经过，他点亮打火机看我，使劲打了我一下，用一团碎布堵住我的耳朵："愚蠢……愚蠢……"

我告诉他："我找不到我的耳垂了。"

他说："他们用枪把它打掉了。"

"谁？"

"长统靴士兵，不然你以为是谁？"

"为什么长统靴士兵要用枪打掉我的耳朵？"

"因为现在是宵禁。"

"什么是宵禁？"我问。

他关掉打火机，化作黑暗中的一个声音："宵禁就是天黑以后所有犹太人都不能出现在街上。"

"但我不是犹太人。"

"如果他们开枪打你，你就是犹太人。我告诉你晚上不要出去，你不听。"他点亮打火机，又使劲拍了我一下，然后关掉。

睡觉前，我想起了我的口袋。我把在甄妮娜家的台阶上找到的东西拿出来，摸着它，我能分辨出这是扎头发的蝴蝶结。我猜它是红色的，就是她生日那天戴的那个。我把它放进一个面包袋里，所有她留在台阶上的东西我都放在那里。

第二天，乌里在我手腕上绑了根绳子，他说：“给你个教训。”我们出去见其他伙伴。

我们在一块墓地见到他们，一看到我，他们就大笑起来。

“他被狗链拉着！”

“汪汪！”

“扔块骨头给他！”

“看——他和别的狗打架，被咬掉一只耳朵！”

乌里说：“让他自个儿待着。”

我说：“让我自个儿待着。我有七个兄弟和五个姐妹。”

他们笑得更大声了，不过也不管我了。

喷烟的费迪、一只手的奥莱科、表情冷酷的宜诺斯，还有其他人都在那，但却没有了成堆的食物，也没有雪茄，没有人到处扔食物了。但香烟是有的——费迪从口袋里掏出一把——包括我在内的所有人都点着了香烟，这是我抽的第一支烟。

“他居然抽烟了！”小丑库柏大声宣告。

“他想要阻止自己长高！”

“怎么会呢？他已经比蟑螂还小了！”

接着，小丑库柏奔跑撞向独臂侠奥莱科，他们两个开始摔跤，但这显然不是势均力敌的战斗，奥莱科的两只腿，远胜于库柏的双手，奥莱科把库柏缠绕得像条章鱼，库柏号叫着乱抓，库柏抓住费迪的脚就咬，费迪尖叫起来，不一会儿，除了乌里和表情冷酷的宜诺斯之外的所有人——包括被绳子绑住的我——都在地上了。我们大笑，撕咬，摔跤，我想我们看起来肯定像是一只蠕动着的怪物，长着很多颗脑袋、很多手臂和脚的怪物。

最后我们终于分开了，纷纷瘫倒在地上，筋疲力尽，大笑不止。我的耳朵又开始流血了，很痛，我抓过一把干草敷在上面。

除了库柏，我们都坐在地上说说笑笑，抽着烟。但这并没有持续很久，因为地面很冰凉，甚至比空气还要寒冷，我们一个个站起来，笑着走开，互相撞击格斗起来。我们在玩一个熊抱的游戏，就是像熊一样抱着别人或者被别人抱，我们说，看谁最强壮，但我想大家都只是想靠近一点。在墓园里，身体是我们唯一的热源。

我们中的一些人在墓碑间玩捉迷藏。这次轮到我是寻找的角色，在寻找的过程中，我看见一块墓碑，我从来没有见过这样的墓碑，一个背着翅膀的人从大石头上升起，他看着天空，好像他时刻要飞出去一样。我情不自禁地盯着他看。

一个声音传来："嘿，吉卜赛人，快来啊，我们藏好了。"

但我还是愣在那儿，抬着头盯着那个巨大的长翅膀的石头人看，很快，其他人也都站在旁边看了。

"他是谁？"我问。

"是天使。"费迪说。

"什么是天使？"我问。

表情冷酷的宜诺斯说："世上根本就没有天使。"

我看看他，指着长翅膀的人对他说："那么，那个是什么？"

他说："就是石头而已。它不是真的，长统靴士兵才相信这个。"

“我也相信。”奥莱科说。他搔搔他的断掉的手臂，“世界上肯定有天使，不过你们看不见它们。”

“为什么看不见？”我问。“它们藏起来了吗？”

“它们是隐形的。”

我看看周围，不得不相信：如果他们在这儿，他们真的是隐形的。但有石头雕像的存在确实是非常好的事情，至少我还能看看雕像。

“它们是做什么的？”我问。

“它们不做什么乱七八糟的事情。”宜诺斯说。

“他们帮助人，”奥莱科说，“当你有困难的时候，他们就会来帮助你解决。”

宜诺斯哼了哼，他在石头天使的脚上用力碾磨他的香烟。他抓起奥莱科没有手臂的衣袖，拍到他脸上：“当你被推到铁轨上，火车辗过你的手臂的时候，它们在哪里？那时你的天使在哪里？为什么它们不把你卷离铁轨？为什么它们不阻止火车？”他又指着一个叫做大块头亨里克的男孩，他穿的是银行装硬币的袋子，宜诺斯说：“看看他，为什么天使不给他一双鞋？或者是能获得鞋子的智慧？还有他——”他戳了戳乔恩，瘦弱、阴沉、沉默寡言的乔恩——“看看他。他就要死了，但他自己却并不知道！”宜诺斯现在是大喊大叫了，“你们这些天使对他做了些什么！”他朝石头天使吐口水。

大家都不说话了……直到墓碑那边传来“犹太人！”的叫声。

我们回过头看，一辆黑色马车在路上驶来，马行动迟缓，马鬃上戴着个黑色围巾，一队人像马一样戴着黑色围巾，行动迟缓，跟在马车后面。马车很小，是辆轻型车，仅够放一副棺材。

一个人晃着拳头说："犹太鬼！犹太小混混把墓地弄脏了！"

几个人走出队列，大声叫嚷着朝我们走来。我们扔掉烟赶紧跑。绑在我手上的绳子放肆飞舞，拍打着墓碑。库柏突然停了下来，背对着那些人，脱下裤子，弯下腰，仔细地看着他们好一阵。追我们的人更大声地号叫起来，但我们的笑声更大。

那晚我们住在马棚里，在充满稻草气息的黑夜中，我问乌里："宜诺斯说的是真的吗？世界上没有天使吗？"他没有回答。我又问："你睡着了吗？"

"我倒是想睡，"他的声音传来。"你的问题很傻。我怎么知道？你认为宜诺斯怎样他就怎样。你希望他说的是真的吗？"

我说："不，我希望他是错的。"

"好。他是错的。"

"我想，我相信天使存在。"

"好。相信。"

"但是宜诺斯说天使是长统靴士兵才相信的。"

"你就是头长脸公驴，而且是头傻驴。"

"你现在不再说我'愚蠢'了，而是'傻'。"

"随便你怎么想。"

"但我不是长统靴士兵，我怎么能相信天使呢？"

"当你什么都不是的时候，你可以随便相信什么东西。睡觉吧，米萨。"

我想睡，但有个问题一直困扰着我。

“乌里？”

他生气地说：“干吗？”

“你相信天使吗？”

他说：“我相信面包。现在可以闭嘴了，不然我就到另一边去。”

我闭上了嘴。

11

乌里的话似乎得到了应验，渐渐地面包更大程度上变成了一种信仰，而非食物了。

一天，我又去平常去的地方：旁边就是街头转角的面包店——这是最好的。我在那等了一会儿，没有人带着面包袋过来，实际上，根本就没有人从面包店里出来。我换到另一个地方，情形还是一样。一整天，我辗转于这个角落和那个角落之间，连一片面包都没有看到！

我做了件平常绝不会做的事——我走进一个面包店，店的窗子上画有一颗黄色的五角星，令我惊讶的是靠墙的货架上根本就没有面包，只有一个可怜的面包卷，玻璃后面的箱子里躺着两三个杯形蛋糕。

面包师从商店后边走出来，没好气地问："你要买东西吗？"

我盯着那个面包卷。有个面包卷也算是聊胜于无吧，但是太高了我够不着，我的速度和敏捷的身手现在都无用武之地。

我给他亮了亮我的黄色石头，说："作个交易？"我没想过真的要给他，只是想骗他把面包卷拿下来。

他气得脸色发红，指着门说："滚！给我滚！你这个小偷！"他伸手抓我，我跑了。

回到马棚，我和乌里说："没有面包了。"

他说："学着吃泡菜吧。"

我确实学着吃泡菜了，还学着吃很多不同的东西。如果街上穿狐狸皮衣的女人手臂下面没有食物，我就去商店里；如果店里货架也空无一物，我就溜进别人家里。别人家里总会有吃的，尤其是那些穿着狐狸皮衣的女人住的高大漂亮的房子里。

要找到没有上锁的门可是件难事儿，我得有耐心。我学会了把目标放在高大漂亮的房子外面玩耍的小孩子身上，他们回房子去的时候，经常忘记锁门，这时我就走进去，有时候紧跟着小孩，有些小孩会回头看我，问我是谁，我会回答说："米萨·毕苏斯基。"有些小孩什么也不说，他们似乎觉得既然我悠闲地跟着他们走进屋子，我肯定也属于家里的一员。

我直接到餐厅或者厨房去，接下来会发生什么事情，那就取决于屋子里有谁和他们在屋子的哪里了。如果只有小孩子，我会问："甜饼在哪？"或者是"糖果在哪？"如果有大人在，我抓起第一眼看到的东西就跑。如果什么人都没有，或者只有很小的孩子，我就会从容地把厨房扫荡一遍。

有一次，有栋房子的后门开着，我从后门进去，听到有人在说说笑笑。我走过厨房，突然发现自己站在门口，看着一家子围着一条长桌在吃晚餐。食物、银器和玻璃制品四处闪耀。当中是个巨大的，金黄色的烤禽，可能是鹅或者火鸡。我肯定吓着他们了，他们都停下来看着我，我则盯着桌子——但这没有维持多久。通常，我总是第一个作出反应的，虽然这更大程度上是一种肌肉反射而非脑子思考的结果，但我还是认为这是我学到的第一条生存法则：永远第一个作出反应。只要我第一个动，他们就得追过来抓我，而我不可能会让他们抓住。

在他们离开座位之前，我就抓起烤禽的腿，从后门逃跑了。

当然，在一栋房子里我只能做一次这样的事情，好在华沙城里有很多高大漂亮的房子。

睡觉的时候，乌里把我拴在他的手腕上，所以我不能在夜里给甄妮娜送吃的了。白天，我把果酱罐头、鼓槌之类的东西放在屋后的台阶上——但我不能保证没人把它们偷走。

树木也和面包一样不断地消失。

一天早上，我听见树木消失的声音了。我被前一天晚上绑在我手腕上的绳子弄醒，乌里在干草仓的窗子旁往外看，我也凑过去，窗外，有人站在深到膝盖的雪地里砍树。

我问："他们为什么要砍树？"

他说："用来做柴烧。煤用完了，天气又冷。"

不管我们去哪儿找食物，总能听到斧头、锯子和树木的声音。有些树发出沉闷的訇訇声，倒在雪堆里，有些嘎吱嘎吱响，有些则发出反抗似的尖叫声。有一次，一棵粗壮魁梧长着树瘤的大树倒下，发出高亢而尖细的哀叫，像是婴儿在哭。

很快，公园里就空无一物，只剩下干草和树桩。

一天，乌里自个儿出去，背回一大袋煤。他说："这是黑珍珠！"他把"黑珍珠"带去给科尔扎克医生，让孤儿们取暖。

第二天我也去找黑珍珠。我在坍塌的建筑物的碎石堆里仔细寻找、挖掘，希望能找到装煤的箱子。煤箱没找到，地上东一块西一块大多都是煤灰，我把它们装满麻布袋之后，就前往孤儿院，轻轻扣响孤儿院的黄铜门环。

一个孤儿来开门，是个小男孩，张大嘴，眼睛圆鼓鼓地看着我。我不假思索地冲他说："我不是孤儿！我有七兄弟和五姐妹！"我拿出麻布袋，他跑了。

一会儿，科尔扎克医生来了，我再次拿出麻布袋，说："这是黑珍珠，取暖用的。"

他的白色大胡子向两边伸展开，笑了起来，指着我说："你才是黑珍珠呢。"他从门口走开，拿了个镜子出来，说："看。"

一张煤炭一样黑的脸瞪着我。我先前不知道原来自己的眼睛是这么的白，看看身上其他地方——我的手、衣服，我简直就是块会走路的煤炭，我说："我真的很黑。"

他又笑了，"很快就不是了。"他拿起那包煤，领着我进了屋。

他挥着手臂："欢迎你到我们漂亮的家里来。"

很快，我坐在一个叫浴缸的东西里，一个女人拿着把刷子和肥皂，跪着给我擦身子，渐渐地我重新变白，我的石头也重现黄色了，而水却变得跟长统军靴一样黑漆漆的。

我听见欢笑声和奔跑的脚步声从远处房间里传来，我感觉到孤儿们的眼睛在看着我，但我一个人也看不到。

科尔扎克医生拿些新衣服给我——他是第二个给我新衣服的人。我穿上之后，他说：“给我们带来一麻袋温暖的小家伙，我想，你是吉卜赛人，对吗？”

“是的，”我告诉他，“我以前很愚蠢，但现在不是了，现在是傻。”

他笑了，笑得很开心：“是谁告诉你的？”

“乌里，”我说，“乌里是我的朋友。你相信天使吗？”

他不笑了，盯着我：“相信，我非常相信天使。”

“我也相信，”我毅然决然地说，“但乌里相信面包。”

他点点头：“哦，我也相信面包。”他脸上常挂着笑容，而他的胡子看起来像是另一个笑脸。“你叫什么名字，小伙子？”

我骄傲地说：“米萨·毕苏斯基。”

他的眉毛上扬：“啊！好。”他点点头，闭上了眼睛。我心想他肯定听说过我。“米萨·毕苏斯基……”他似乎在鉴赏着我的名字。“米萨·毕苏斯基，告诉我你住在哪儿？”

我说：“和乌里一起住在马棚里，马棚里的马都不见了。”

“米萨·毕苏斯基，告诉我，你也是孤儿吗？”

和他嘴唇上的胡须比起来，我更喜欢他下巴的山羊胡，它是那么的柔软、雪白，我想伸过脸去让它擦擦，想爬进去，住在里面往外偷看。我想他肯定很希望我也是个孤儿，我很过意不去，让他失望了。我说：“哦，不是，我有七个兄弟和五个姐妹，还有妈妈、爸爸、109岁的曾曾祖母，还有一匹叫格里塔的马，我很希望能找到她。”

我告诉他我们一家是如何被长统靴士兵炸散的，还有我们家的整个故事。

随后，科尔扎克医生让我等了几分钟。他回来后，领着我到前面的一个大房间，我很吃惊：所有的孤儿都在那里，无父无母的男孩女孩们，全部沿着墙成排立正在那儿。

科尔扎克医生噼啪打了个响榧子，所有人一齐说：“谢谢你，米萨·毕苏斯基！”

我很不自在，不知道该说什么。科尔扎克医生摇着我的手，给我打开前门，说：“以后再来看我们。”我走了，穿着新衣服。

12

我继续带黑珍珠给科尔扎克医生和孤儿们，我也尽量放黑珍珠和面包到甄妮娜家后面的台阶上。我渐渐注意到台阶上再也没有礼物给我了。一天，我敲甄妮娜家的后门，一个男人开的门，从他穿的袜子上我也能看出他是个长统靴士兵，银灰色的夹克纽扣开着，露出件有污迹的短袖圆领汗衫和吊裤带，一只手拿着杯啤酒。

我问："甄妮娜和她家人去哪里了？"

他粗声大气地用军靴士兵的语言对我说些什么，呼出的气息夹着圆葱的臭味。

我大声地重复说："甄妮娜！"

他喝了一大口啤酒，指着我手上的那包煤炭，我把煤炭包拿出来给他看，说："黑珍珠，给甄妮娜的。"他把煤炭包抢了过去。

他指着我说："犹大？"

这个词我知道，我说："不是，我是吉卜赛人。"

他像公鸡一样昂起头，似乎是为了听得更清楚些。

我立正说："吉卜赛人！"

他抬起手。我想：他要给我敬礼了！但他没有，他拍了我一下，把啤酒倒在我头上。

我从他背后抢过那袋煤炭，甩起来，用全身力气砸在他穿袜子的脚上，他嗷嗷叫，我逃跑了。

一天早上，我在马厩里醒来，走到我们撒尿的马栏，看见有人在另一个马栏里。

他全身蜷曲，像颗豆子，穿着一件长外套，躺在秸秆堆上。我在他旁边蹲下，突然，他坐起来，一只眼睛睁开瞪着我。

我问："你住在这儿吗？"

几根稻草粘在他头上，像是另外长出来的头发，他说："我没有地方住。"

我告诉他："我和乌里住在这儿，你愿意和我们一起住吗？"

他朝四处看，好像在找什么丢了的东西，后来他耸耸肩说："可能吧。"

"你以前住过大房子吗？"我问，心里想着甄妮娜。

他说："我以前住的房子很大，但我只在两个房间里住。"

"和你的小孩吗？"

他看看我，说："和我的书。"

我仔细看着他的脸，问："你不是犹太人吧？"

他滴溜着双眼，坐得更直了："你问这个干什么？"

"你没有胡子。"

他站起来，凝视着旁边的桌子："那是因为我不是犹太人。有人教你这么问吗？"

"没有。"

他又说了一遍："我不是犹太人。你相信我吗？"

"相信，"我说，"我也不是犹太人。我是吉卜赛人。我很庆幸我不是犹太人。"

他走到最近的窗子旁边往外看："哦，庆幸？"

我说："是吧，但有时我也不确定。犹太人会被枪打，要倒着骑马，用胡子擦人行道，但我没有胡子，不过如果全身涂上颜色，说不定我会喜欢呢。"

他朝我看，但好像并没有看见我似的。

"你要吃香肠吗？"我问，"我们这有香肠。"

我等着他的回应，后来他点了点头。

我去找香肠。回来的时候，他已经走了。

乌里和我上街，他给了我一些严格的指示：在街上走，要让人觉得你有明确的目的地，要直视前方，不能笑，不能大叫大嚷，不能手舞足蹈，不能做任何可能引人注意的事情。

他说："你要像隐形人一样。"

我说："像天使那样吗？"

他不理睬这个问题。他说我要让人看起来没有什么事情好隐瞒的，看起来我就是属于这儿的人。“最重要的，”乌里戳了戳我的胸部说，“别让人觉得你有负罪感。”

“什么是负罪感？”我问。

“就是做了不该做的事情。”

“这个容易，”我说，“我没有负罪感。”——我已经忘记了抢甄妮娜生日蛋糕的事了。

“好，”他说，“反正脸上别显露出来就行。”

我找了块碎镜子，对着镜子看，认真练习脸上没有罪恶感。我在马厩里来来回回地走，直视前方，让自己看起来没有什么事情好隐瞒的。在外面的时候，在城中心密集的人群中，我和乌里说：“看！”然后跨过街道，高举着头，直视前方，看起来就和普通人一样毫无罪恶感，看起来好像我知道我前进的目的地。一辆汽车把我撞倒了。

一个猛撞。那辆车一个急刹车停下来，猛地碰到我身上，把我撞翻。司机大吼大叫，人们注视着我们，等我缓过神来，乌里拽着我的外套衣领，踢我的屁股，人们都在笑。

乌里没有笑，他把我拽离人们的视线，到一个小巷子里，把我像袋煤炭一样扔下来，贴着我的脸，压低声音嘶嘶地说：“愚蠢的废物，我不是告诉你不要引人注意吗？”

我抬头看着他，点点头。现在我又变回“愚蠢”了。

我从来没有看到他发这么大火，他的头发看起来比以往都要红——只是这次不是因为笑而变红的。他在我前额上打了一拳，我后脑勺撞到墙上。

“为了防止你被别人杀死，总有一天我要亲手宰了你。”他甩甩手臂说，“你想我行我素？你想自己走？不听我的话？随你便！”他愤怒地走了。他走到街上的时候，我又回到了他的身边。

从那时起，我决心不再违背乌里的话——不过那时我还不知道有群漂亮的马会出现。

13

我第一次看见它们是乌里第一次带我去孤儿院的时候。在孤儿院可以看到一座公园，它们就在那座公园里，我简直不敢相信我的眼睛：有一群马绕着圈在转。我原本以为它们是真的马，不过很快就知道不是了，是彩绘的木马，在轻柔的音乐中不停地转圈。我跑过去，呆呆地站在那儿，完全被震撼住了。那是我见过的最美妙的动物——红色的、蓝色的、五彩缤纷的马——马身上装饰着金饰和花朵，马头高昂，马蹄高举，像是配合着音乐腾跃不已。坐在马背上的孩子们倒没怎么引起我的注意。

我问乌里："这是什么？"

他说："旋转木马。"

马儿一圈又一圈地转着，漂亮的马在我眼前转过的时候，它那黑色的大眼睛似乎都在直勾勾地看着我。它们的头是如此的骄傲和轩昂，相比之下，我第一次发现那些吃力地走在大街上的真马是多么的痛苦。有的孩子在马上跳着叫着，装做是在骑马疾驰的样子；有些孩子仿佛若有所思；还有个小孩在哭；大人们则站在旁边看。

有人把那个在哭的小孩从马上拉下来，我朝那匹马走去，乌里抓住我说："别去。"

我问："为什么？"我想从他手上挣脱。

"这些东西没你的份。"

我想他是在开玩笑吧，于是笑着说："世界上所有东西我都有份！"对此我十分确信。

他一只手抓着我的脖子，使劲捏，捏得我喘不过气来，他的脸贴着我的脸，沉着气说："不行。"

我们离开旋转木马，去孤儿院。

打那以后，我睡觉时脑子里总会出现那轻柔的音乐，梦中萦绕着金光闪烁的马。但清晨醒来，除了发现耳朵里塞满了秸秆之外，别无他物。

每次我们一起出去的时候，我就极力唆使乌里往旋转木马那边走去，当我们走近木马，我总能觉察到他的手悄悄地滑落在我的衣领上。

我违背他的话自个儿出去了，我相信他肯定知道这些。我一连很多天都直奔漂亮的马儿而去，但木马并非总是在转动。是电的原因！

在我们像皇帝一样住在理发店下面的地下室的时候，乌里曾经给我解释为什么我们的灯泡有时候不亮，他说："电这玩意儿，不知道它什么时候来、什么时候走。"

所以如果能看到马儿在转动，那就更是上天的大恩赐了。我对此无法抗拒。我第一次自己去看木马，在独自回来的时候，我就决心要去骑一次木马。地上的积雪深过人脚，但我却一点儿都不觉得冷。所有镀金的马鞍都被雪盖住了，我站着看它们转呀转呀，觉得自己的眼睛肯定大得跟那些马的眼睛一样，脸上的笑容比得上所有那些孩子的笑容的总和。

忽然，马的转速变慢，最终停了下来，音乐也停了，在旁边等待的人冲上前把孩子们拉下马鞍。我毫不犹豫，跳上旋转木马台，跃在一匹马上，它是那群漂亮的木马中最漂亮的，我一开始就盯上它了。那匹马和我指甲缝里的煤灰一样黑，耳朵后面有金色马缨，尾巴飘扬，三只金色的马蹄踏在地上，另一只马蹄高举在空中，头高高扬起，嘴巴大张，似乎在向全世界宣布：看我！那一瞬间，我感觉自己比任何人都更高大、更雄伟！

突然有个小孩大声尖叫："他没有票！"一个人走过来，伸出手说："把票给我。"我说："什么票？"那人把我从马背上猛拉下来，脸朝地扔到雪地里。

不一会儿，一个头发像马缨一样金黄的小女孩站在我前面，指着我大叫："他是个肮脏的犹太人！"

我站起来，所有人——就连女士们肩头衣服上的狐狸——都盯着我看。我冲着那小女孩大叫："我不是！"又冲着所有人大叫："我是吉卜赛人！"

“哟——！”那金黄头发的女孩捏着鼻子，踢我，然后尖叫着跑了。其他小孩拉着女人们的手，就像狗链拉着狗一样，他们把脸甩向我，说：“肮脏的吉卜赛人！肮脏的吉卜赛人！”小女孩一个个被放开，猛冲向前，踢我，然后又猛冲回到在大笑的女人身边。与此同时，小男孩用雪球轰击我。

我逃跑。

但第二天，第三天，我又回来了。马儿在跑的时候，我待在远处出神地看，心中充满渴望。

一次我带煤炭去给附近的孤儿院，我对科尔扎克医生说：“孤儿能骑旋转木马吗？”有时我看见孤儿在外面玩耍，但却从不走近旋转木马。

科尔扎克医生的脸上出现一丝悲哀的神色，他说：“不能。也许未来哪天可以吧。”

我看着他那圆圆的脸、那童话般的白色山羊胡，问：“为什么不可以？因为他们是犹太人吗？”

他看看我身后嘟嘟嘟发着声音的旋转木马，看看在附近玩耍的孤儿，女孩们在跳绳，他对着孤儿们微笑，在我看来，这样的微笑只能来自父亲。“他们只是小孩子。”他的声音听起来有些异样，低头看着我，说：“只是小孩子。”他脸上写着个问题，但我回答不了。

这个所谓“电”的玩意儿，我搞不懂，它毫无预兆地来无影去无踪。令我感到惊讶的是，没了它，灯就熄灭了，旋转木马也不动了。那些彩绘的马儿已经有两三天没有动了，我脑子里似乎听到它们在咆哮：我们要跑！

后来，有天晚上，在黑暗的马厩里，我被音乐的声音吵醒——我经常在夜里听到这个音乐。乌里说这些音乐只是我想象的，因为旋转木马离我们有两公里远。况且，旋转木马在夜里是不转的。

但这次情形有所不同，我确信这次音乐不是我想象出来的。我走到窗边，满月的光辉落在雪上，点亮了整个世界——谁还需要电？远处某个地方正在放着音乐。乌里睡着了，我偷偷溜出马厩——乌里不再把我系在他身上了——溜进宵禁的夜幕里。

越靠近旋转木马，音乐声就越大！我想的是对的！我跑起来。但雪让我慢了下来。它们就在眼前！它们被灯泡照亮，白天我居然没有注意到这儿有灯泡。音乐轻缓柔软，马儿在不停绕啊绕，光线闪亮耀眼——而且四周都没有人在！那神秘的电肯定是在晚上过来，把旋转木马叫醒。

我爬上黑色的戴着金黄马缨的漂亮木马，不停地转啊转啊，我在不同的马上换来换去，把它们骑了个遍。我正着骑，反着骑；坐着骑，站着骑；不停地笑，在笑声和音乐的混合声中，我似乎真切地听到了马的嘶叫声，它们因为能再次动起来而欢欣不已。

突然我有一个想法，我停止了欢笑，看着阴阴沉沉的孤儿院，我从旋转木马上跳下来。由于连续数小时不停转圈，我头晕目眩，摇摇晃晃地扎进了雪堆里。我起来跑到孤儿院，砰砰地敲门，大声叫：“科尔扎克医生！科尔扎克医生！”屋里灯亮了，接着锁开了，科尔扎克医生打开门，眼里充满恐惧。

我不假思索地说：“科尔扎克医生！旋转木马在转呢！看！那儿一个人都没有！把孩子们带过去玩儿吧！”我往后退了一步，挥着手说：“快点！”

科尔扎克医生在夜色中伸出手来，粗野地把我拉进屋里，砰地关上门，闩上，摇着我的肩膀，急促地说："傻孩子，好心的孩子。"把我拖到楼上的一张床上。

我在孤儿院里睡了一觉，月光渐逝，黎明来临，虽然是白天，却比夜晚还要黑暗。我醒来的时候，乌里正在楼下和科尔扎克医生嘀嘀咕咕，他们呼出的白气交融在一起。

和乌里离开孤儿院的时候，我等着他揍我，把我的头打到墙上，骂我愚蠢。但他什么都没做。我们在雪地上走，我抬头看看他，多么希望他能掐我的脖子，让我哭。但他却连看都不看我一眼。彼时彼刻，我失去了骑漂亮黑木马的渴望。

但不包括想看的渴望。

14

冬天渐渐过去，旋转木马周围的树木一棵棵地消失，很快，就只剩下一片树桩。接着，不可思议的事情发生了。

一天，我去到旋转木马那儿，发现情况有些异样。一大群人聚集在旋转木马台子周围，没有音乐，木马也没动。我正往人群中挤，忽然听到有人大叫："肯定是犹太人干的！"我在想犹太人能干出什么事儿来呢。后来我知道了，我简直不敢相信自己的眼睛：一匹马不见了！

只剩下三只马蹄。我突然想起那些栩栩如生的木马，瞬时，我惊讶地发现我看到的似乎不是金黄的、散碎的木片，而是被砍掉马脚后残留的鲜血和骨骸。通过一小块残留的颜色，我知道那匹马是黑色的，那是我最喜欢的马，我那匹漂亮的闪着金光的马！

人们大叫："把犹太人找出来！"我盯着那三只和马身分离的马蹄，感觉到怒气直往上窜。"把那肮脏的犹太人找出来！"这个声音不断地叫着，我觉得我听见的声音中也有自己发出的一份儿。

公园边上，两个长统靴士兵站在那儿抽着烟说话。

他们找到那个犹太人了，或者更精确地说，他们找到了一个犹太人。犹太人是可以互相替代的，这个和那个没什么差别——我以后还将会无数次体会到这个道理。中午前，一个脖子上绑着绳子的犹太人磕磕绊绊地走过雪地，他被领到树桩中间的一块空阔地上，有人在他脖子上又多绑了根绳子，另外有个人剥光了他的衣服。直到这时，我才意识到天气是多么的寒冷。

那人似乎要收缩了，似乎要紧缩到仅剩下一双鼓鼓囊囊的眼睛。雪盖过了他的脚踝。

有人咆哮着："让开！让开！"两个士兵拖着一根黑色的粗壮的水管穿过人群，在收缩得只剩下眼睛的人十米开外停下来，把水管指向他，水从管中喷涌出来，水管挣脱长统靴士兵的手，像条被切断的蚯蚓疯狂扭动。人们大叫着跑开。那俩士兵跳上水管，踩住它的头，嚷嚷着把它按住，紧抱在胸前，然后再次用水管指着那个犹太人。水向他袭来，他向后躲闪，脖子上绑着的两根绳子把他拉住，拿着水管的人往后退了退。

事情渐渐平静，人们重新纠集过来，有的叫着欢呼着鼓掌，有的则仅仅是在围观。让我觉得不可思议的是那人的眼睛睁得比先前更大了，能看出来他在更加努力地蜷缩着身子，简直想从这里完全消失。他一直不吭声，我离开的时候，他的身子已经发青了。

我再次回到旋转木马那儿时，雪已经融化了，树桩间长出了青草。我在想那个人是否也和雪一样融化掉了，旋转木马台上的那三个马蹄也不见了。只有那匹漂亮的黑色木马曾经占据的位置空空如也，向人们提示着这儿发生过的一切，此外，其他一切都依旧：音乐轻快柔和，女士们在笑，孩子们不停地转啊转……

milkweed

第二部　隔离区和天堂

隔离区里的所有东西都是阴沉沉的，人是阴沉沉的，声音是阴沉沉的，连气息都是阴沉沉的。而这里的每样东西对我来说都是彩色的：电车发出的叮当声是红色的，留声机中传来的音乐是蓝色的，人们的笑声是银白色的，而远处旋转木马发出的轻柔的声音更是五彩缤纷……

第二部　隔离区和天堂

15. 秋　天

人们在路上走，我从来没看见过这么多人一起走路。我们站在一个街角观看着这一切。

从他们戴着的臂章我知道他们都是犹太人——每个犹太人都必须戴绣有蓝色五角星的白袖章，这有助于辨别哪个是犹太人，他们现在都没有胡子了。在这以前，我只是偶尔这儿那儿见过几个犹太人，我不知道原来有这么多犹太人。

他们来自不同的地方，不同街道，但都朝着同一个方向走去。小孩子们拉着堆满玩具、盆盆罐罐和书本的小货车，大人们推着装满家具、衣物、图画和毯子的颤颤巍巍的大马车，看起来他们是把整栋房子都清空了，所有东西都堆在小货车和大马车里，肩上还背着鼓鼓囊囊的大袋子。大车子用马拉，稍小的车子由人来拉，马和人神态没什么两样，都是步履艰难，眼睛朝地，在沉重的负荷下斜着身子前行。马虽然没有戴臂章，但很显然，它们也是犹太族的。

这是个“蓝白行军”（和长统靴士兵的宏伟游行多么的不同啊），如此之慢，如此安静，几乎没有小孩哭闹。上千只军靴踏在地上的声音变成了破鞋拖沓的声音；坦克的吼叫声，换成了货车车轮发出的像板球撞击的滴答声。

我遮着眼帘，问乌里：“他们要去哪里？”

他说：“隔离区。”

“隔离区是什么？”

“是些该死的人住的地方。”

虽然人们很安静，但他们身后却非常吵闹：口哨声、欢呼声和砸玻璃的声音。迁移的人离开他们的房子之后，就有一群人冲了进去，有人在院子里互相殴打，前行的人们从门口经过，顶楼的窗户被打开了，新占据房子的人在行人的上头大叫：“这是我的了！”

但我对隔离区的所在地更感兴趣，管它在哪儿都好。“在宵禁之前回来。”这是乌里给我的所有警告。

刚开始我和犹太人一起走着，不一会儿，我就走出了队伍。自从那次壮观的长统靴士兵游行过后，我一直想成为他们中的一员。我现在在自己想象出来的游行队伍中前行，超过一个又一个缓慢行走的犹太人，头颅高昂，手臂挥舞，踏着正步，好像我自己穿着高耸闪亮的军靴一样。我不知道是否有人注意到我，总之没有人说一句话。不久，我的想象渐渐消退，我慢慢停下来，随着其他人的步调一起走。

我发现自己走在一个和乌里年龄差不多的男人旁边，那个男人拖着个灰色麻布袋，袋子膨胀得像是装满了南瓜。

我问："你认识乌里吗？"

他直视着前方。

我更大声地重复着刚才的话："你认识乌里吗？"

那个男人似乎没有意识到我在那儿，不过这并没有妨碍我和他说话的决心。

"乌里头发是红色的。他不是犹太人。"我向来都很小心，不做出卖乌里的事。"我可以摸摸你的臂章吗？"他不回答。我摸了摸臂章，告诉他："我是吉卜赛人，不过可能哪天我也会有臂章。"

我从口袋里掏出根香肠给他（只要我能找到香肠，我就随身带着，偶尔吃上一口度过一天）。我说："你要尝尝我的香肠吗？"我终于看到他眼睛动了动，突然在他另一边走着的一个女人说："他不饿，请让开。"

这真令人不快，我想，不过我还是照她说的去做了。我走到行人跟前，一个个地问："你是去隔离区吗？……还有多远才到隔离区？"但没有人回答我。我把香肠给所有人，却没人咬一口。所有人都对我视而不见，或者说是我相信他们没看见我——除了那些女人肩上的狐狸。它们黑色的小眼珠不断地盯着我。

突然我看见一匹杂色母马，"格里塔！"我大声叫着朝它跑去。但它只会一个劲儿地在我头上淌口水，我知道这肯定不是我的格里塔。

我听到孩子们的歌声，一个熟悉的声音喊着："老鹅！一！二！三！"

我边跑边喊："科尔扎克医生！"当我冲进他怀里的时候，他步履蹒跚，对着我笑。我问他："科尔扎克医生，你也去隔离区吗？"

他说："是的，我们都去。"

我问他："那里好吗？"

他微笑着说："我们会让它变好的。"

我和孤儿们一起前行，他们都在唱歌，我不知道歌词，于是扯开嗓子乱喊。和他们在一块儿，我自己也想变成个孤儿了。在歌声的间隙，车辆和行人噼噼啪啪咔哒咔哒的声音传来，突然一个声音从高处的窗子传来："给孤儿的饼！"

我看见甄妮娜了，她正吃力地和家人一起走着，肩上的大袋子几乎要掉在地上了，我跑到她身边："甄妮娜！"

她看着我，笑着说："米萨！"

我一口气蹦出一堆话来："你也去隔离区吗？你们去哪儿？现在你家里有陌生人在，我不喜欢他，他倒啤酒在我头上，我砸了他的脚。"她笑了，我又说了一遍："我砸了他的脚。"她笑得更欢了。

我说："甄妮娜，除了科尔扎克医生外，好像没有人看见我。"

一个声音传过来："他们都看见你了。"说话的是我们背后的一个男人。他拉着堆得老高的货车，车带子都陷进肩膀里了。这张脸我在生日宴会的桌子周围看见过。

"那是我爸爸。"甄妮娜说。

我和甄妮娜的父亲说："他们看都不看我一眼。"他身后的车咯吱咯吱响。

他说："他们怕你。"

我笑了："没有人怕我的。"

甄妮娜生气地盯着我："别嘲笑我爸爸，他说他们怕你，就是他们怕你。"

我抬头看他，和所有其他人一样。他直视着前方，眼睛特别大，呈现出栗子那样的棕黄色，就像甄妮娜的那样。

我问："他们为什么怕我？"

他还没来得及回答，甄妮娜就尖着嗓子说："因为你不是犹太人，不然你以为是什么原因？"

我不能想象这样的事情：居然有人害怕我。我拿出根香肠说："要吃吗？"

"不要！"一个女人的声音传过来，但太迟了，甄妮娜已经抓过香肠，撕开咬了一大口，然后把香肠递给她爸爸，他看了一会儿，后来也咬了一口。她爸爸递给那个女人，她摇摇头。忽然一只手伸过来把香肠抢去，这个人把香肠吃完了。

甄妮娜说："那是我叔叔谢普赛尔，他和我们住在一起。"

我伸手去拿甄妮娜的袋子："让我来拿。"

她把袋子给我，然后蹦跳着跑到前面去了。我把袋子抛上肩膀，袋子往后扯，简直要把我拉倒，我大叫："里面是什么？"

甄妮娜又蹦跶着回来了。"都是我最喜欢的东西，除了脚踏车。妈妈不让我带踏板车。"她生气地看着那个女人。

我指着她的臂章问："你喜欢这个东西吗？"

甄妮娜的母亲说："托比亚什——"

她父亲说："没关系，他只是个孩子。"

"我知道，他还是个小偷呢。"

"没关系。"

接着头上传来喧闹声，车轮咯吱咯吱的声音越来越大。“走……走……”甄妮娜的父亲咕哝着，斜身拉着车带子，直到和街面平行为止。人群行进的速度越来越快，掉下来的瓶罐呤呤响，就像令人厌恶的手推车铃声。人们在大叫。人们在狂跑。

16

“壁橱？”乌里问。

我用脚在地上画了条线，把我们住的马厩分成两半，我说：“壁橱，就这么大。谢普赛尔叔叔就是这么说的，‘我们住的是壁橱。’”

我告诉他那天发生的事情，告诉他我是怎么看到甄妮娜和她家人的，大家是如何争先恐后地涌进隔离区，所以我知道隔离区是个好地方。我告诉他我们怎么进到院子的——院子是由四周房屋笔直的高墙围成的一块四方形泥地。甄妮娜的父亲嘴里喊着“赶紧！赶紧！”，催促谢普赛尔叔叔快点，谢普赛尔叔叔冲进一栋房子，跑上楼去，甄妮娜和我跟着，因为背着麻布袋，我落在后面。谢普赛尔叔叔在四楼一个门口站住，我和甄妮娜也站在那儿，等着甄妮娜的父母拖着艰难的步伐上来。我们又走到楼下，把车上的东西卸下来，提到楼上去。有些东西要两三个人才能扛得动，但每次又要留出一个人在门口站住，大家都是这样，但只有一个楼梯，每个门口都有人站着，整个房子就是一座“精神病院”——这是甄妮娜的母亲说的，“精神病院”。

把所有东西都提上楼之后，甄妮娜的父亲和谢普赛尔叔叔拿锤子砸，用脚踢，把车给打破了，把灰白的车碎片，甚至车轮统统都搬上楼去。等所有东西都拿进来之后，甄妮娜的父亲关上门，这时，谢普赛尔叔叔说了那句话：“我们住的是壁橱。”

我告诉乌里我离开的时候发生的事情：甄妮娜想送我到院子，但她妈妈叫她不要，所以她只送我到门外的楼梯平台，叫我等一下就跑了回去，出来的时候，她咧嘴笑着说：“闭上眼睛，把手伸出来。”我照她说的做，感觉到有东西放在我手上，“睁开眼”。

是块糖果，是榛子奶油乳酪。不过只剩半个了，榛子也只有一半。

她说：“我咬了一口才知道是什么东西，然后我就留下来给你了。”

我把它吃了，很久没吃过榛子奶油乳酪了，我本来还以为再也吃不上了呢。她一直咧着嘴笑，我跑下楼梯去了。

我再回到隔离区的时候，路边筑起了一道砖砌的墙，足有我三倍高。我沿着墙边走，走到一段还没有砌好的墙边，只有几块砖高，我跨了过去。有人在大嚷大叫，我跑了。

因为这次又背着个大麻袋，跑起来并不轻松。这次袋子里装满了食物，我的成果都在里面了，手脚伶俐的我战利品相当不赖。

我在尼斯卡大街上找到了那栋房子，爬上楼梯，走到门口去敲门。一个粗暴的声音问：“谁啊？”

“米萨·毕苏斯基。”

我听到一声尖叫，接着是嘎嘎的门锁的声音，门开了，甄妮娜举起双手叫：“米萨！”

甄妮娜的母亲躺在房间角落的一块床垫上，睁开一只眼睛，哼着说：“又是你。”

甄妮娜指着袋子问我：“那是什么？”

谢普赛尔叔叔砰地摔门关上，上了锁。

我说：“是吃的。”我把食物都倒在屋子中间的方桌上。

甄妮娜拍着手说：“是吃的！”

萝卜和苹果从桌上滚到地下，成捆的胡萝卜和芹菜，一片片面包，一罐罐果酱、糖蜜，一包包糖，一串串香肠……屋里的人都围了过来，就连甄妮娜的母亲也从床垫上起来了。

甄妮娜的父亲说：“你去哪儿弄来的？”

我说：“很多地方。”

谢普赛尔叔叔咬断一根胡萝卜，说：“你真是个敏捷的臭小偷！”

甄妮娜的母亲打开一个沾满灰尘的白色袋子，指尖儿往里蘸了蘸，尝了尝说：“这是发酵粉，要用烤炉烤才行。难道他看到我们这儿有烤炉吗？”她回到床垫那，对着墙躺着，“我记得烤炉，我以前有一个，”她咳了一下，继续说，“那时我还能像普通人一样生活。”

谢普赛尔叔叔用悲哀的眼神看着她，说：“很久以前了。”

我说："外面有堵墙。为什么会有墙在这儿？"

谢普赛尔叔叔用讥讽的口吻说："把那群人渣拦在外面。"

甄妮娜问我："你怎么进来的？"

我告诉她我是如何在墙上找到一块矮的地方，然后轻松跨过来的。我又说："我哪儿都能去。"我没有吹牛，只是说了实话而已。我开始喜欢我的小个子、我的速度、我的狡猾了。有时我会把自己想象成一只臭虫，或者一只小老鼠，溜进肉眼看不到的地方。

有人敲门。谢普赛尔叔叔手指滑到嘴唇边，低声说："别说话，假装我们不在这儿。"谁知甄妮娜的父亲却大声叫："谁在外面？"谢普赛尔叔叔十分不快。

门外的人回答说："我是海勒姆·拉夫科维奇。"

甄妮娜的父亲打开门说："好，请进。"

谢普赛尔叔叔拿一件外套盖住桌上的食物，海勒姆·拉夫科维奇进来了，他脱下帽子，拿出一张纸："米格罗姆医生——"

甄妮娜的父亲接过那张纸，说："我不是医生。"他走到地上一个齐腰高、箱子模样的东西旁边，把它拉开，它像长着翅膀那样打开了，那是个有着很多小抽屉的柜子。柜子的两边装满了整架的瓶瓶罐罐，有些装着粉末，有些装着各种颜色的液体。它让我想起了理发店。我在想这些瓶瓶罐罐是如何在摇荡不已的艰苦跋涉中幸免于难的。

甄妮娜的父亲从抽屉里拿出些东西，放进小信封里给了那个人。那人从口袋里抽出一个苹果，用一副要哭的表情说："祝你——"

还没等他说完，甄妮娜的父亲就把那人领出去，说："走吧，不用说了，走吧。"

那人转身拉着米格罗姆先生说：“舍拉姆[1]。”

“舍拉姆。”

谢普赛尔叔叔关上门，闩上，晃着一根手指指着甄妮娜父亲的脸说：“明天，这个地方的所有人都会知道，我们会被蹂躏。”

米格罗姆先生拉上箱翼，有着许多小抽屉的柜子又恢复了普通箱子的模样，他说：“你到底要我怎么做？把这些东西藏起来给我们自己用？他给我一个药方，我不过是在做我的工作。”

“一周后就什么都没有了，他们会把你扫地出门的。”

“也许我们应该在一个星期内离开这儿。”

谢普赛尔叔叔指着窗子外面说：“如果我们离开这儿，外面就是我们的坟墓。你觉得他们筑起那扇墙仅仅是维持一周就罢了？如果哪天我们能有机会离开这儿，那就是万幸了！”说到后面，他简直是在歇斯底里地号叫。

甄妮娜的母亲在床垫上呻吟。

甄妮娜和我在一个属于我们自己的角落里，她告诉我：“我爸爸是个配药师。”

我问：“什么是配药师？”

“配药师是做内服药的。”

“什么是内服药？”

她惊诧地看着我说：“内服药可以让生病的人变好，就像药丸和蓖麻油一样。”她配合着做了个苦涩的表情：“呸！”

我问：“你爸爸是叫托比亚什·米格罗姆吗？”

她眉开眼笑回答道：“是啊。”

1　译者注：舍拉姆，原文为Shalom，是犹太人传统的招呼、道别语，意为“平安”。

“那你是甄妮娜·米格罗姆。”

“是啊！”

“我叫米萨·毕苏斯基。”

她拍着手说：“是啊！”

谢普赛尔叔叔生气地看着我们，甄妮娜向他吐了吐舌头，我咯咯地笑。我不但有自己的姓，现在我还知道别人的姓了！我像是被人搔了胳肢窝一样笑得咯咯响。

第二部　隔离区和天堂

17

不经意间，所有人都跟乌里和我一样住在马厩里了：神情冷酷的宜诺斯、库柏小丑、朝我喷过烟的费迪、独臂侠奥莱科、光脚丫的大块头亨里克、阴沉寡语的乔恩，还有一些似乎大家都不认识的男孩子。

宜诺斯说：“我们就像是随处乱扔的垃圾一样显而易见，更别说现在到处都是鹰犬的影子。”

我问：“什么是鹰犬？”

“就是那些向长统靴士兵告发犹太人的人。”

我说：“幸好我不是犹太人。”

他脸上露出难看的笑容，说："别高兴得太早，隔离区也有你的份。听说他们也抓吉卜赛人，还有瘸子、疯子之类的。你要是个蟑螂，或者还能幸免于难。"

一定有鹰犬在我们身边，因为有天早上，我们都还在干草仓里睡觉的时候，门突然被撞开，叫喊声四起。我们像蟑螂一样仓皇逃散，到处都是穿着长统靴的士兵。一个新来的男孩从干草仓上跳下来，在半空中被枪击中，像一捆破布一样噗地摔到地上。

他们赶着我们前往隔离区。自从他们把砖墙完全弄好后，我就没能再去看甄妮娜了——他们在墙顶上撒满玻璃碎片，铺上带钩子的铁丝卷。我把这当做是对我的侮辱和挑战，我想去什么地方还从来没有人能阻挡过呢，我相信很快我就可以找到通往隔离墙另一边的路，当然，我不会忘乎所以，因为有警卫队存在，这肯定不是件容易的事。

在前往隔离区的路途中，另一件事情占据了我的脑子：乌里，他没有和我们在一起。长统靴士兵在马厩里驱赶我们的时候，乌里就不在了，这并不奇怪，因为这几周乌里经常出去，有时一去就好几天。乌里有一头红头发，加上为了不引起别人注意而有意识地把自己融入人群中，他相信没有人会把他看成犹太人。他无所畏惧地在街上走，同时，他相信自己比长统靴士兵要聪明得多。

我总能知道乌里什么时候要消失：他会把拳头放在我的下巴下方，咬着牙低声说"别让我听到……"他的意思是他已经派人盯着我，不让我做特别愚蠢和傻气的事情。我尽量记住他的警告，如果他知道我是多么留意他的警告，我想他肯定会感到很惊讶。不知为何，有他在的时候我更能自在地面对自己的愚蠢和傻气。

我从来没有担心过乌里，我坚信他知晓所有事情，他能应对任何情况。但是在长统靴士兵的来复枪的戳刺下，我不由得想起他，他在哪儿？他在做什么？回来后面对着空荡荡的马厩，他会作何感想？我不担心他能不能找到我们，我知道他肯定能的。

不走人行道，长统靴士兵驱赶着我们径直走过大街中央，马车和汽车在前面为我们开路，人们在围观，我想：这是个多么壮观的游行啊！但人们对这个游行有很多议论。

"再见，你们这帮下贱的人。"

"滚到墙的那边去吧！"

"肮脏的犹太人！"

我不厌其烦地向他们解释我不是犹太人。

我们走在一条街上的手推车道时，突然有辆手推车朝我们直冲过来，我们犹豫了一下，长统靴士兵们大嚷大叫，我们继续走，没有停下来。手推车却停了，然后，在一阵叮叮当当声中，它开始向后退，这样我们才可以走过街道。我们继续往前行进，手推车就一直在我们前面退着走。

很快我们走上另一条街道，隔离墙就在那儿，墙朝左右两个方向一直延伸，红色的砖块，湛蓝的天空，带钩的铁丝上的疙瘩像女士的耳环一样闪闪发光。一只黄色的鸟站在铁线的弯曲处，停了一会儿，然后飞走了。

我们来到墙上的一扇门边，警卫开门让我们过去。长统靴士兵在后面，有个士兵还向我们深深地鞠躬，我不明白他是在嘲笑我们，我也向他鞠躬，他一脚踢向我的屁股，把我踢趴在地上。那扇门砰地关上了。

我抄近路走到米格罗姆家的住所。看见甄妮娜开门，我大声通知她："我现在也住在隔离区了。"

谢普赛尔叔叔说："我们正需要个邻居呢。"

我没看见甄妮娜的父母，我问："你爸爸妈妈呢？"

甄妮娜告诉我他父亲因为工作关系被带出隔离区了，母亲在华沙的一个工厂里给长统靴士兵缝制服。只有有工作许可证的人才能通过隔离墙上的门。

我说："我们到外面去吧！"

我们飞奔着离开家，跑下楼梯，谢普赛尔叔叔叫道："戴上臂章！"

外面很冷，很明亮，我们像松了绑的小狗一样在院子里跑来跑去。谢普赛尔叔叔的声音从窗子里传来："你的臂章！"

我们跑到街上，我问甄妮娜："你为什么不戴上臂章？"

她反问："你为什么不戴？"

"我不是犹太人。"

"我只是个小女孩，谁会管一个小女孩呢？"她转身跑了，"而且我们现在住在隔离区里，很安全的。"

在我看来，隔离墙里边和外边看起来非常像：到处都是吵闹的人群，就连肩膀上披着狐狸皮的富婆看起来都像要随时说上几句。

我们到哪儿都能看到有人在卖东西，他们大声吆喝着叫卖：

"镜子！镜子喽！完好的镜子！"

"漂亮的图画嘞！一幅画的钱买三幅！"

"玩具啊！卖玩具喽！"

"便宜的发刷嘞！"

我看到一个一只胳膊的男孩，我大声叫："奥莱科！"我们朝他跑去，奥莱科用他仅有的一只手遮着眼帘，乜斜着眼看着我们。我告诉甄妮娜："奥莱科只有一只胳膊。"

她捶了我一下，说："我又不是瞎子。"她转过身问奥莱科："你的手臂怎么了？"

奥莱科低头看看他的右肩，过了一会儿，他好像很惊讶地发现手臂不见了，他皱着眉头，最后终于说："火车轧的。"

甄妮娜伸出手，说："别难过，这只还是好好的。"

我骄傲地大声说："这是甄妮娜·米格罗姆，她是我妹妹。"

我不由自主地说了出来。

奥莱科看着她，但脸上没有笑容，我们都互相看了一会儿，然后就各走各路了。

随后我们看到阴沉寡语的乔恩坐在人行道旁，背对着一座被炸毁的楼房的裂墙，我说："喂，乔恩。"

乔恩似乎没听见我说话，眼睛闭着。

甄妮娜低声说："他在睡觉。"

就在那时，乔恩眼皮颤动，睁开一只眼。我说："这是甄妮娜·米格罗姆。"

甄妮娜伸出手，说："你好。"

那只眼睛又闭上了。

我在她耳边轻轻说："他不说话的。"

甄妮娜拉着我走开，说："让他睡觉吧。"

我提高音量，就像他离我很远似的，说："她是我妹妹！"

我们走开后，我说："乔恩脸色灰白，他生病了。"

甄妮娜说："你为什么和他说我是你妹妹？我不是你妹妹。"

我耸耸肩，我也不知道。

在回到尼斯卡大街之前，我们听到巷子里传来尖叫声和呼喊声。一群小孩在地上翻滚，突然，他们中的一个小男孩从人群里冲出来，朝我们的方向跑过来，从我们身边闪过，我看见他手里抓着一个马铃薯。几个小孩在后面追他，其余的人缓慢地在巷子里走下去。

甄妮娜看着我："怎么回事？"

我说："都是些不幸的孤儿。"我告诉她宜诺斯就是这样叫他们的——凡是不住在科尔扎克医生或者任何人家里的孤儿，还有那些在街上游荡、乞讨和生病的孤儿，都是不幸的。

我告诉她："还好我们不是不幸的孤儿。"

她说："脸色发白的乔恩是不幸的孤儿吗？"

我说："噢，不是。他是幸运的，他和我们住在一起。"

18. 冬　天

我们进到隔离区去的第一个早上，乌里就找到我们了，但是现在却越来越难得见到他了。

我问他："你能到墙的那边去吗？你有工作许可证吗？"

他说："别问这么多。"

一天，天气寒冷，乌里和我走在大街上，我穿着两件外套，但双脚依然冰冷。街上人很多，我看见一个男孩——至少从他的外形上看，我觉得他是个男孩——躺在人行道上，我想这里这么吵，人这么多，他怎么能睡着呢。

很奇怪，他并不是在巷口——我经常看见有人躺在巷口——他甚至也不在人行道边上，而就躺在人行道中央，人们在他周围走过，围成一个眼睛的图样。同样奇怪的是，虽然大家似乎没看见他，却也没有人被他绊倒过。

但最奇怪的事情还是那张报纸，报纸像块毛毯一样盖着他。

我说："乌里，那个男孩太蠢了，报纸不能让他暖和啊。"

乌里说："没什么能让他暖和，他已经死了。"

我们停下来，低头看着那个死去的男孩，我们是唯一的没有径直经过他扬长而去的人。

我问："他怎么死的？是长统靴士兵开枪打死的吗？"

乌里耸耸肩说："可能吧。或者是饿死的，或者是冷死的，或者是伤寒，随便你怎么想。"

"什么是伤寒？"

"是一种很流行的病。"

"不幸的孤儿。"

"是啊。"

他拉着我走了。

从那时起，我每天都看见有人死在报纸下面。其中有些是小孩，只需要一张报纸就可以盖住他们了，很容易分辨。

一天，我问乌里："为什么他们都盖着报纸？"

"这样就没有人看得见他们了。"

我说："但我能看见啊。"

乌里没有回答。

后来我发现有个死人被人看见了，一个男人停在那个死人前面，把脚踩在隆起的报纸上绑鞋带。

一具尸体不会连续两天出现在同样的地方，但却总有新的尸体出现在新的地方。有时尸体的脚会伸出报纸外面，最初几天，尸体的脚上经常会穿着鞋子，很快鞋子就不见了，再接着袜子也没影了。

每到晚上我就会想到底是谁把报纸放在尸体上，又是谁把尸体带走的呢？

我想：是天使！

19

我和伙伴们在碎石堆上睡，没有毛毯，只有一块圆形的编织毯，我们都睡在编织毯下面，但我们用来取暖的主要工具还不是这块编织毯，而是我们自己，我们手挽着手睡觉，鼻子挤进别人的脖子里，宜诺斯管这个叫做“一群互相利用的虱子”。如果谁放屁了，他就会被大家踢到外面。乌里在的时候，我就睡在他身边，但很多晚上他都不在，我不知道他去哪儿了，他说过不要问这么多，所以我没有问。

我们这群人就是挤成一团的小动物，我们在黑暗中说话，有时讨论有关母亲的话题，虽然我对自己的母亲没有印象，但我心目中有一个完美的母亲形象，费迪却不这么想，他老是说："我不相信这些。"

一天晚上，宜诺斯在地毯下面说："你以为你是怎么来到世上的？从大象肚子里爬出来的吗？"

奥莱科说："你认为那些牵着孩子的手的女人都是些什么？"

费迪说："虚妄。"他的回答向来很简短，他嘴里喷出来的烟比说的话还多。

库柏说："每个人都有妈妈。每个人！"

费迪说："孤儿。"每次他说话，你都可以闻到他带着雪茄气味的呼吸。

宜诺斯说："孤儿也有妈妈的，哑巴，只不过他们死了而已。"

费迪说："真正的母亲是不会死的。"

大家都无言以对，后来我们就讨论到橘子上面去了，和母亲一样，橘子也是我们常讨论的话题，宜诺斯说他吃过很多次了，但费迪说它们都是虚构出来的东西。

我问宜诺斯："橘子是什么味道？"

他闭上眼睛，"和其他东西都不一样。"

"它们长得啥样？"

"就像快要下山的小太阳。"

费迪说："世上根本就没有橘子。"

在早晨阳光的照耀下，我们中的许多人就又会开始相信母亲和橘子了，但现在，在地毯下的漆黑中，听着从墙的那边传来的这座城市微弱的声音，费迪的话让我们对此产生了怀疑。

每天早上，我们都缓慢地爬过乱石堆到街上去。有时我们待在一起，但通常我们都各走各路。在一起的话我们更容易成为巡警袭击的目标——巡警就是隔离区里的警察。我们没有臂章，没有身份证，没有记录，什么都没有。

有天晚上，费迪在地毯下面说：“我们不存在。”

宜诺斯的声音传来：“对我的胃说这些话吧。”

不仅是宜诺斯一个人，我们所有人都饿了，我们从未遇到过这种情况，在这以前，我们想吃什么就直接拿什么，整个华沙就是我们的食品市场，甚至是刚到隔离区的那一阵子，手疾脚快的人还是可以拿到食物的。但现在，几个月的长冬之后，我们找不到吃的了，整天饥肠辘辘。

走在大街上的女人不再拿着装有面包的纸袋了；因为面粉短缺，面包师傅也不再烤面包了；到处都是商店，不过店里货物架上大多空无一物；要是货架上有一丁点儿食物，往往就会有人在前面守着，通常还拿着棍子呢。

乌里有时候会带些食物来，一罐糖蜜、一根萝卜之类的。有时他带口香糖来，我们嚼完里面的糖分之后，把口香糖整个儿吞下。

乌里说：“他们要饿死我们。”

我问：“为什么？”

宜诺斯说：“他们要除掉我们，杀掉我们。”

“那他们为什么不直接用枪杀我们呢？”我说。

宜诺斯冷笑，“为了省子弹钱呗。”

起初，隔离区里还有很多马，后来渐渐消失了。有时有些马会在杰希尔大街上重新出现。杰希尔大街变成了露天市场，大家如果有东西要卖都会上那儿去。人们站在雪覆盖着的人行道上，周围竖立着柳条箱或者书桌，上面放着马腿、半边狗肉或者猫肉、一盒盐巴、甘草根、圆葱、一两个马铃薯之类的东西。

卖主在寒冷中抱紧双臂，大声叫嚷：

“肥鹅肉喽！好吃的肥鹅肉！只要二十兹罗提[1]！”

“骨头喽！骨头！敲开骨头，里面有很多骨髓！”

“卖鸽子嘞！”

“松鼠啰！”

“卖狗卖狗！绝对超值！”

刚开始，市场上的动物都是带着毛皮的，就像有些女人还穿在肩膀上的狐狸那样，很自然地死掉。接着，如果有燃料和火，小贩们就开始剥皮、拔毛、烤熟这些动物，然后把动物尸体摆出来，熏黑熏硬，切掉头。贩子的声音渐渐消停，肉的价格却上涨了。

一天，我和宜诺斯在杰希尔大街上走着，烤肉的香味让我口水直流，打前一天开始我就没吃过东西了。拿着棍子的人在食物摊前站着，街上还有巡警。宜诺斯这厮似乎不饿，而是在玩儿。他晃晃悠悠地在街上走，挥动着手指，提高音量，像是穿着狐狸皮衣的女士那样，说“噢，太好了，真可爱啊”。他指着一只不过麻雀大小的鸟，“我要那只鹅！还有可爱的松鼠，请给我来半磅……还有马鼻子。”我对着宜诺斯笑，那些拿着棍子的人打我们，催我们赶紧走，后来我看见宜诺斯的脸色，恍然大悟，他根本不是在玩，他向我眨眨眼，我抓过两只麻雀大小的鸟，有棍子往

1　译者注：原文是Twenty zlotys！zloty是波兰基本货币单位，音译为兹罗提。

下挥落，我躲过棍子，两人拔腿就跑，直到听不见身后的喊叫声为止。

后来，杰希尔大街上也没有了鸟和狗的踪影，但卖主始终不缺的是松鼠。很快大家就知道这是怎么回事了：摆在柳条箱上那些烤焦的、无头无尾的尸体根本就不是松鼠，而是老鼠！但贩子依然“松鼠嘞！松鼠！”地叫个不停。

一天我自己出去，抢了两只烤熟的老鼠，自己吃了一只，另一只拿去甄妮娜家。为了防止被人抢，我把老鼠肉放在兜里。

只有甄妮娜和谢普赛尔叔叔在家，米格罗姆先生像往常一样去囚犯劳动营工作了，米格罗姆夫人在士兵制服厂里干活。

我从兜里拿出老鼠肉，拎着一只腿给他们看，说：“我带了只松鼠来给你们。”

谢普赛尔叔叔笑了，在笑的间隙，他说：“你不但臭气冲天，还很愚蠢。”——他用手指弹了弹它，它就在我的两个手指中晃来晃去——“这是只老鼠。”

甄妮娜把它拿了过去，朝谢普赛尔叔叔做了个鬼脸，说：“这就是松鼠！我要留给爸爸妈妈吃。”

谢普赛尔叔叔咳了咳，朝周围看看，想找个地方吐痰，最后吐在地上。

甄妮娜用拳头打他的手，“爸爸说不要这样，要吐在窗子外面。”

谢普赛尔叔叔说：“你爸妈一看就知道这是老鼠，他们不会吃的。”

甄妮娜跺着脚说：“这是松鼠，他们肯定会吃的，他们都饿坏了！”

“我也饿坏了。”谢普赛尔叔叔说着就从她手上抢过老鼠。甄妮娜想抢回来，两人都抓着老鼠，甄妮娜拉着较小的前腿，谢普赛尔叔叔扯着后腿，他们满嘴埋怨，怒目相向。老鼠从中间断成两截，甄妮娜蹒跚着向后退，一屁股跌在地上，等她站起来，谢普赛尔叔叔已经在嚼着他抢到的那一半了。她伸手去够，但谢普赛尔叔叔太高了，他用闲置的手把甄妮娜拨开，享受自己的大餐。

甄妮娜的母亲下班回来的时候，我还在，甄妮娜对她说：“妈妈，有吃的！”我看见她母亲的脸上充满了欢喜，但我也注意到，等她看到所谓吃的是什么的时候，她脸色大变。

米格罗姆先生进来，看着那一小半老鼠尸体，摇着头凄凉地说：“不用……还不至于。”他走到床垫边，和米格罗姆太太一起躺着。甄妮娜哭了，把老鼠肉扔到地上，踢给谢普赛尔叔叔。谢普赛尔叔叔捡起来，轻轻擦去从地上粘到老鼠肉上面的灰尘。这时我走了。

第二天我开始沿着墙走，之前我一直没怎么想过墙的另一边会有些什么，现在我想：那边应该有很多食物，除了老鼠以外的很多食物。

墙上开的每扇门都有长统靴士兵和巡警把守着。

墙太高了，根本爬不过去，就算我能爬到墙顶也没用，那里布满了带刺的铁丝网，还有碎玻璃。一整天我都在走着看着，走着看着。终于我发现秘密了，在离制服厂不远的砖墙上有条裂缝，裂缝不高，我可以够得着。缝隙足有两块砖宽，起初我还不知道，后来发现是个排水口之类的，他们怎么也想不到居然有人能从两块砖宽的缝隙中挤过去。

我马上离开那儿，天黑之后才回来，毫不费劲就穿过墙缝。

我站在墙的另一边了！

20

我幻想着自己能带很多食物回来，那样我就要一件一件地将食物从两块砖宽的墙缝中塞过来，谁知我只找到一罐鱼块。在我挤过墙缝回隔离区的时候，罐子掉到地上摔破了，我捡起鱼块，擦掉泥土，吃了一块，其余的塞进兜里，直接向米格罗姆家走去。

谢普赛尔叔叔像平常那样招呼我："啊哈，臭小子。"

外面很黑，不过那晚有电，从屋顶上吊下来的一根绳子上拴着个灯泡，灯泡摇晃不已，米格罗姆太太躺在床垫上，米格罗姆先生坐在屋里唯一的椅子上，在唯一的桌子旁边摆弄着他的药片和瓶瓶罐罐。他的脖子侧边有条紫色的大伤痕，像根茄子。

甄妮娜在笑。

我说：“有什么好笑的？”

她指着我说：“你看你！尿裤子了！”

我低头看，装在口袋里的鱼块流出的汁把前面的裤管弄湿了，我骄傲地说：“我带吃的来了！”我把鱼块从口袋里拿出来，放到桌子上。谢普赛尔叔叔拿起一块，嗅了嗅，说：“腌青鱼。”我看见米格罗姆太太从床垫上抬起了头。

谢普赛尔叔叔贪婪地嚼着那块鱼，米格罗姆先生和甄妮娜每人抓了一块给米格罗姆太太，当他们发现两人在做同样的事情的时候，他们都笑了。米格罗姆先生把甄妮娜的头拉进怀里，“我会照顾好妈妈的。”

甄妮娜举起手上的鱼块，在灯泡下看，鱼一边的皮肤是银白色的，她不停地翻转着鱼块，仔细研究。随后她像舔太妃糖一样舔了舔鱼块的两边。最后，她用前齿咬下一小块，闭着眼睛嚼着，脸上露出梦幻般的微笑。过了很久，她才把一块鱼吃完。

他们都在吃腌青鱼块，屋子里只有咀嚼的声音。大家都穿着外套，戴着帽子和丝巾，但为了更好地感受鱼的质感，所有人都把手套脱了，他们呼出的气息凝成白雾，笼罩着苍白的灯光。

最后一片鱼块都被吃光后，甄妮娜指着我，看起来很生气地说：“你没有吃！”

我跟她解释说在来到这儿之前，我已经吃了一块了。

忽然，机关枪的声音让黑夜躁动起来，接着就是尖叫声、东西落地的呯呯声、奔跑的脚步声，还有人在大叫：“出来！出来！”

谢普赛尔叔叔站在房间正中，举起手对着屋顶叫嚷道：“够了！

都结束了！够了！”

“闭嘴！”米格罗姆先生一边把妻子从床垫上扶起来一边说。甄妮娜茫然地盯着房门，门口外面一片喧嚷嘈杂。

米格罗姆先生镇静地说：“打开门吧，让他们进来抓吧。”

谢普赛尔叔叔继续朝着屋顶咆哮：“够了！够了！”

我刚要打开门，米格罗姆先生说：“先别开，等一下。”墙边躺着个毫无生气、塞得满满的布袋子，袋子绣着黑色和绿色的图样。米格罗姆先生从袋子里拿出一个蓝白臂章，他把臂章套进我右手臂的外套袖子，说：“我给你准备了这个。”

我打开门，人们咚咚咚连翻带滚地跑下楼梯。大嚷大叫，玻璃破碎和枪击的声音交杂。

我们挤在人群中下楼去，甄妮娜紧紧抓着我的手，我感觉得到她在颤抖。明亮的灯光照耀着院子，我遮了遮眼睛，甄妮娜贴得我更紧了。在令人晕眩的灯光中，一个声音尖叫着：“快点！快点！你们这帮亚伯拉罕的狗杂种！臭犹太人！肮脏的犹太猪！排成队！排成队！”

队列很快就排好了，像个小军队。我心想：难道我们要去游行了？

我们各就各位，站在那儿。

“安静！安静！一群臭猪！”

米格罗姆先生小声说：“站直，精神点。”

我听到米格罗姆太太在呻吟。

就在我们排队的时候，开始下雪了，大片雪花在令人目眩的灯光下闪闪发光。米格罗姆先生又低声说：“立正站直。”我对他这话不太在意，他根本不知道，对我来说一动不动地站着是多么困难的事，有生以来，我就没能站着保持五秒钟不动。不过，这次我还是尽力去做了。米格罗姆先生就在我旁边，甄妮娜在另一边。士兵在大喊大叫。因为戴着臂章，我想：我现在是犹太人了，是亚伯拉罕的杂种。他们朝我大叫，证明我是有身份的人了。我想尽力听清他们在叫什么，但除了“肮脏”，“杂种”和“犹太人”之外，我听不懂他们在说什么。

前面不知发生了什么事，尖叫声更大了，也更尖锐。我听到一声沉闷的重击声——砰！——就像人敲打木头的声音。我侧着身子，想绕过我面前纵队的人看个究竟。米格罗姆先生把我拉了回来，说：“立正！”我渐渐领悟到：立正非常重要！也许前面有人没有好好立正。我接受这个挑战：既然你要我立正，我就给你展示立正！我看过很多长统军靴士兵立正。我伸直脊柱，两个脚跟啪地合拢起来，抬高下巴，注视着站在我前面的人的背部。我给他们展示了世上最完美的立正。前面的尖叫声还在继续，我认为这是因为那些人做得都没有我好的缘故。

我紧盯着的前面那个人的背部是绿色的，那是一位穿着绿色外套的女人。雪还在下。有时会有雪花落在我鼻子上，痒痒的，但我没把雪花抹掉，眼睛也不眨一下，几乎屏住了呼吸。雪花不断飘落，那女人绿色的肩膀渐渐变成了白色。

有小孩子在前面的某个地方哭了，接着右边又有一个哭了，接着又一个哭了，孩子们的哭声越来越大，灯光也越来越亮。

“犹太狗！”

“臭猪！”

砰！砰！

长统靴士兵和巡警在队列里穿梭，冲着人们的脸咆哮，用棍子和步枪戳他们，往他们脸上吐口水。我用眼角余光看见一个长统靴士兵站在米格罗姆太太面前，对着她吼叫，她摔倒在地，那个士兵咆哮着说：“起来，犹太狗！臭母猪！起来！”我纳闷儿：如果他真的要她站起来，为什么又一直踢她，用棍子打她呢？我搞不明白。最后米格罗姆先生尽力把她拉了起来。

那个士兵在我和甄妮娜旁边走过，我想他应该注意到我了，但他身后灯光耀眼，我看不清他的脸。在那一瞬间，我感到十分骄傲，就像他给我别上勋章，表彰我的立正姿势非常完美一样。

他走到谢普赛尔叔叔面前，低声吼道：“张开嘴！”我听见谢普赛尔叔叔发出呜咽的声音：“呜呜——”他一定张开嘴了，因为我看到步枪的枪口过去了。我忍不住回过头来看，只见枪口插进谢普赛尔叔叔的嘴里，往里推，谢普赛尔叔叔往后退，撞到他后面的女士，那女士又往后倒，撞到她后面的人，一个接一个，整队人都向后倒去。那个士兵笑了。

我恢复了立正姿势，我可不想那样的事情发生在我身上。

我早就知道我前面的绿外套女士迟早会有麻烦——她的立正姿势实在是让人不敢恭维，身子不停地晃来晃去，有时垂着头，肩膀也从来就没有挺直过。一个长统靴士兵走到她身边，他肯定也看见了。棍子落了下来，砰！接着又朝她胸部猛击，她肩膀上的雪飞到我的脸上。但愿长统靴士兵注意到我并没有动。

很快，那位女士的肩膀又变成白色了，现在，她一直低垂着头，我听见她在哭泣。接着又来了一个士兵，说：“你这个臭母猪！臭得跟养猪场一样！”他又用棍子打了她一顿，雪再一次飞离她的肩膀。接着长统靴士兵不停地告诉人们他们是多么的臭，他们都捏紧了鼻子。我感到很震惊，我向来认为我是世界上唯一闻起来很糟的人。

我用力嗅了嗅，我也闻到气味了。我注意到周围发出的微弱的叫声和呜咽声。我知道气味是哪里来的了，但是不论长统靴士兵怎么说，这儿却确实没有猪，所以院子里也不会有猪屎。突然，我觉得肚子下面有想去方便的冲动，我明白是怎么回事儿了：我们在那儿站了很长时间，人总得方便，但除了站着的地方之外，又不能去其他地方，所以人们就站在原地解决了。当小便从双腿间滑落到雪地里的时候，我听见了人们可怜的战栗声。到了我自己也控制不住的时候，我也那样做了。即便那时，我也保持着完美的立正姿势，我几乎要大声地向长统靴士兵喊道：“嘿！看我！”

尖叫声从未停止。现在，院子里到处都是倒下的人，倒下了，又挣扎着站起来，然后又倒下。很容易看出哪些人没有倒下过：没有倒下的人肩膀和头顶上的雪堆得最高。我已经微微感觉到头上的雪的重量了，我在想它看起来会是什么样的呢？我得付出越来越多的努力来保持站立不动，我不想让雪掉下来。

我想到了石头天使，脑子里构想出一幅图像：雪降落在天使身上，天使的翅膀顶部生了两个雪峰，天使和雪，一片静寂。我把自己想象成石头天使，我闭上眼睛尽自己最大努力去想，过了一会儿，我确信自己能感觉到肩膀长出翅膀了，我想看，看看我的翅膀，但我是一只石头做的天使，所以我不能动。

我再清醒过来的时候，发现脸埋在雪里，米格罗姆先生和甄妮娜使劲把我拉起来，我问：“我怎么了？”

米格罗姆先生推了推我，说："别说话。他们会打你的，你晕倒了。你站得太僵硬了，膝盖稍微弯一点。"

这样很麻烦，当然也很累人，我应该动一动，但是却不能动。我试着弯下膝盖。长统靴士兵在尖叫，孩子们在尖叫，似乎连灯光都在尖叫。我们站了很久，我尿湿的裤子又干了。

终于，他们让我们走了，那时屋顶上方的天色也开始变灰了，我们在雪地里蹒跚前行。一大群人争先恐后地找厕所，每层楼有一个厕所，我自己却不太明白厕所是怎么回事，我从来没用过，也从来不需要，天地就是我的厕所。

我和米格罗姆夫妇一道，拖着疲惫的双腿爬上楼。每上一级台阶，谢普赛尔叔叔和米格罗姆太太就发出更大的呻吟声，像是在上演着呻吟二重奏。我跟着他们走进房间，我太想睡觉了，一下子就瘫倒在地。

醒来后，我以为回到了院子里耀眼的灯光下了呢，原来是阳光从窗外照了进来。谢普赛尔叔叔侧卧着，用手撑着头，指着我说："他为什么睡在这儿？他太臭了！"

米格罗姆先生说："我很遗憾的提醒你，这些天里你自己也不是香得跟玫瑰园一样吧。"

谢普赛尔叔叔捶着地板说："他不是我们家的人。"

米格罗姆先生眼睛直勾勾地看着他，说："现在是了。"

21

库柏把报纸掀起来，“他死了。”

“死翘翘了。”宜诺斯说。

大伙儿都站在雪地里，围着乔恩的尸体，我不知道他们是怎么辨认出那是乔恩的。他跟平时一样灰白、沉默，旁人从边上走过，连看都不看他一眼。

费迪说：“鞋子。”

乔恩穿着很好的鞋子，除了大块头亨里克之外，我们其余的人都穿着很好的鞋子。穿坏一双，我们就又偷一双好的。

宜诺斯说：“别人会拿走鞋子的。”

奥莱科说："可那是乔恩的啊！"他本来想用手去指乔恩，不过只是肩膀向前动了动——有时他会忘了他的右手早就不在了。

"给大块头亨里克穿吧。"

是乌里的声音，他刚到不久。

我说："大块头亨里克不喜欢穿鞋。"

这是实话，在到隔离区之前，甚至在长统靴士兵来之前，大块头亨里克就只穿银行装硬币的灰袋子，下雪天也是一样。亨里克用细绳把袋子绑在脚踝上。

费迪说："大小不合脚。"也许是因为寒冷，也许是因为抽雪茄，费迪说话的时候喷出了白雾。

乌里说："大块头亨里克的脚很小的，把鞋子脱掉吧。"

库柏扯下了乔恩的鞋子。

乌里用脚扫掉鞋上的雪，让大块头亨里克坐在路边，他除下亨里克脚上的银行袋子，给他穿上乔恩的鞋子，系紧鞋带。大块头亨里克像个婴儿一样跺着脚，大声地抱怨抗议，乌里抓住大块头亨里克的耳朵扭起来，似乎要把耳朵都揪下来，亨里克圆鼓鼓地睁着双眼。乌里把亨里克的耳朵当做把手，把他的头拉到脚下，问："你要穿这双鞋吗？"大块头亨里克点头不迭，乌里才松了手。

大伙儿往前走开了，这时我问乌里："会有天使来救乔恩吗？"——我在编织毯下面听他们说过：人死之后，天使就会来把他带到一个叫天堂的地方去。

宜诺斯无意中听到我说的话，冷笑着说："对啊，你看，天使来了。"

是匹马，瘦得皮包骨，就像是用棍子和纸包裹起来的，在雪泥街面上橐橐地走着，马拉着马车，两个全身泥泞湿透的人驾着车，马车上有具裸体死尸。我们往回看，马在乔恩的尸体前停了下来，那两人中的一个抓着乔恩的脚，把他拉到马车旁边，另一个人抓着乔恩的腋窝，两人抬着乔恩来回摇晃——这让我想起了孤儿院女孩们在跳绳的情景——突然，他们松了手，乔恩在空中划过，落到那具尸体上面。马车继续向前驶去。

“他们要把他带去哪里？”我问。

“你觉得呢？”宜诺斯说，“去天堂。”

我相信他的话：“到那之后呢？”

库柏笑了，“他会变成个长统靴士兵。”其他人都大声地笑了，连乌里也笑了。

我很迷惑：“但是他死了呀。”

费迪说：“很快就不是了。”

库柏说：“天堂里没有死人，对吗，乌里？”

所有人都看着乌里，乌里没做声。

“他们把气吹回你的身体里，很快你就重新活过来了。”库柏的话引来了更多笑声。

宜诺斯举起拳头：“我们来听听天堂的声音吧。”

除了乌里，所有人都欢呼雀跃，就连大块头亨里克也是，接着，大家安静了很久。唯一的声音来自大块头亨里克，他还在适应他的新鞋子，橐橐地敲着地面，声音就像马在雪泥地里驶过一样。他把雪泥弄得溅到路人的脚上了，他们臭着脸看着我们。

有人还不止臭着脸看我们而已，那是一个巡警。

那里到处都是巡警，长统靴士兵雇他们来看守隔离区里的犹太人。最夸张的事情是，巡警也是犹太人！犹太人看守犹太人！我觉得不可理解。

巡警不能带枪，但都有个哨子，还有根和我手臂一样长的木棍。他们也穿制服，但并没有比我们好到哪里去：没有穿长统靴，也没有戴银白色的鹰章。而且作为犹太人，他们当然还得戴着臂章。

那个巡警走过来，挥舞着木棍，大声嚷嚷："戴臂章！臂章！"和以前遇到同样的情况一样，我们像蟑螂那样四处逃散。但这次有人被抓住了，是大块头亨里克。他正穿着新鞋橐橐地走着，直到巡警抓住他的手臂，他才意识到周围发生了什么。我听见一声低吼，回头看，只见大块头亨里克站在巡警面前，双手捂着头，巡警朝他大叫，挥着棍棒打他的脸。那巡警又矮又瘦，为了朝亨里克大叫，他得抬起头看着大块头亨里克。

忽然，我看到一头红发闪动，乌里走到巡警身后，抓着棍子，把他往后拽到人行道边。

那时，其余的人都在街道的另一边，对此视若不见。乌里拿着棍子，大块头亨里克却只站在那儿傻看，乌里用棍子敲巡警的脑门，就是那个声音：砰！和列队时人们被打的声音一样。

现在轮到巡警抱着头了，在人行道上颠来倒去。大块头亨里克肯定被这给逗乐了，他从乌里手上抢过棍子，敲自己的头，这也把我们其余人给逗乐了，刹那间，我们都从自己藏身的阴暗处冲出来，互相传递着棍子，用力敲打自己的头来找乐，在颠来倒去的巡警周围东倒西歪地走。巡警失去了平衡，倒在地上，我们又有了新的念头，把他的鞋子脱掉，扔进街道里，街道那边的人好像忽然间都长眼睛了，都朝鞋子扑去。接着巡警的夹克飞到空中了，然后是裤子。

乌里对宜诺斯说："抓住他的脚。"宜诺斯抬脚，乌里抓手，我却兴奋地想：乌里，你也不是不引人注意的嘛。他们像跳绳那样摇着巡警，就跟驾马车的那两个人摇着死去的乔恩一样，后来他们松手让他飞了出去，那巡警在空中划过，掉到地上溅起一片泥泞。乌里挥舞着把棍子扔到乱石堆里。巡警穿着内裤在雪地上呻吟，街道另一边的眼睛再次消失了。

第二部　隔离区和天堂

22. 春　天

“大人物来了。”表情冷酷的宜诺斯说。

“新犹太人。”库柏小丑说。

“成一家人啦。”费迪说，雪茄在他嘴里上下跳动。

“最小的犹太人，”宜诺斯说，“您的出现让我们无比荣幸啊。”他站起来，给我鞠躬。

乌里在笑。

我现在并不是每天都和伙伴们在一起睡了。有时，虽然谢普赛尔叔叔反对，我还是在米格罗姆家里过夜。我回来和这帮伙伴们睡的时候，他们就开始嘲弄我。我得越过一座座小山似的乱石堆才能走到编织毯那里，春天到了，我们在毯子上面睡。

从米格罗姆先生说“他现在是了”开始，我的吉卜赛人的身份就消失了，一同消失的还有那七辆马车，七兄弟，五姐妹，杂色母马格里塔。内心深处，也许我一直以来都知道关于我这个吉卜赛人的历史只不过是乌里编造的故事，并不是真的。我觉得现在我应该姓米格罗姆才对，所以毕苏斯基也消失了，但我保留了米萨，我喜欢这个名字。

我还留下了另一样东西，就是挂在我脖子上的黄色石头，那是我父亲留给我的，我知道——就像我内心深处总是明白某些事情一样——这是乌里编造的故事里唯一真实的。

我们懒散地躺在毯子上，双手放在脑后，全身放松，享受着柔和的空气，看着星星逐渐消失。很快，天上只有月亮和一颗星星了，乱石堆上空被涂抹上了一层知更鸟蛋一样的蓝色。白昼降临了。

现在，我们都成了夜猫子了，我们都是小偷，连大块头亨里克也是，偷窃可是得在黑夜里进行的勾当。

费迪把他的雪茄传给大家，我们轮流着抽，咳嗽不已。星星在雪茄的烟雾中模糊不清。

“希姆莱来了！”

这句话一出，大伙儿都惊讶得不说话了，因为这话是大块头亨里克说的，他常常像只牛一样吼叫，但却很少能吐出话儿来。

终于，宜诺斯开口了：“希姆莱？真的是希姆莱？”

大块头亨里克重复着说：“希姆莱要来了。”

宜诺斯说：“我不信。”

“他来这儿干什么？”独臂侠奥莱科说。

宜诺斯问乌里："你怎么想？"

雪茄到了乌里手上了，他朝星星吐了道烟，说："我想，只要希姆莱想，他什么地方都能去。"

我问："谁是希姆莱？"

宜诺斯笑了。

库柏说："他是长统靴士兵的二号头子，就这样。"库柏坐在一堆砖块上。

宜诺斯说："多谢希姆莱，他让我们有了这么美妙的卧室，让你的肚子咕咕叫，让大街上布满尸体，还有那扇隔离墙。"

库柏说："希姆莱，蠢货希姆莱。"

宜诺斯说："我们最好都死掉算了。"

"希姆莱要来了！"大块头亨里克吼叫着。

太阳出来了，我们开始睡觉，睡到中午才起来，然后各自散开。我到处找希姆莱，却没看见他，我很失望。我想看看长统靴士兵二号头子，我听说过一个叫希特勒的人，他是所有长统靴士兵的头子，长统靴士兵也叫纳粹。但宜诺斯说，正是希姆莱掌管着隔离区，掌管着犹太人，掌管着我们。

我经常带食物去给米格罗姆一家，这次我给他们带了个新闻，我向他们宣布："希姆莱要来了！""啊哈，小臭鬼。"谢普赛尔叔叔问候我之后，仔细打量着我，问："吃的呢？"

米格罗姆先生正在给妻子腿上的疖子开切口，他说："你能不能多点感激之心。"

"我讨厌希姆莱。"甄妮娜说。她正在地板上玩挑棍子的游戏，她从老房子里把这些玩具带过来了。

我说：“难道你不想见见他吗？”

她说：“如果我看见他，我就会直接走过去踢他。”为了向我演示，她还站起来踢了踢桌腿。

谢普赛尔叔叔问：“是谁说他要来的？”

我说：“大块头亨里克。”

“谁是大块头亨里克？”

我说：“他个头大，以前不习惯穿鞋子，现在他穿鞋子了，是死了的乔恩的鞋子。”

谢普赛尔叔叔说：“不说这个了，你要出去找吃的了吗？”

我说：“现在还不出去。”

“我饿了。”

米格罗姆先生吓斥道：“谢普赛尔！”

谢普赛尔叔叔默默地退回到他常待的角落。米格罗姆先生处理好疖子，把米格罗姆太太拉起来、靠着墙站住，她瘦骨嶙峋、憔悴不堪。她已经不在制服厂干活儿了。她侧着身子，头发像把扫帚，神情像科尔扎克医生那儿的女孤儿拿着的碎布娃娃。她咳嗽得前仰后合，米格罗姆先生再次把她扶起来。

米格罗姆先生努力站起来，拖着脚步走到我面前，我晓得他有话儿要和我说。他似乎要很靠近我身边才能和我说话，和我说话的时候，他总是抚摸着我，有时把手放在我的头上，有时候用手指轻拍着我的肩膀，他对甄妮娜也是这样。他总是一直微笑着和我们说话。

他说：“你是个好孩子。”

我等待着他继续表扬我，但甄妮娜打断他的话，推了推他的腿，说：“我呢？我好吗？”

米格罗姆先生另一只手抚摸着甄妮娜的头，说：“你们都很好，你们都是最好的孩子。”

“但我和米萨谁更好呢？”甄妮娜问。

米格罗姆先生低头看着我们，脸上似乎露出双重的笑容，我和甄妮娜每人都有一份完整的笑容。他装做仔细思考这个问题的样子，最后说：“没有谁比谁好，你们俩打了平手。”

甄妮娜一跺脚，“爸爸！怎么可能是平手呢，肯定有人更好才对！”

她父亲说：“谁说的？”

“爸爸！每次赛跑我都赢了米萨。”（这不是实话，每次都是我赢，甄妮娜撒了个大谎。）“玩挑棍子游戏也是我赢。”（这倒是真的。）“还有，你看——”她劈开腿坐在地上。“还有，看——”她试着倒立起来，腿悬在离地几英尺的空中几秒钟，鞋子上沾满了春泥，泥浆结成碎裂的硬块。鞋子回到地面，甄妮娜骄傲地站住，说：“看到了吧，要是我想做的话，还能坚持整整一个小时呢。”她觉得自己展示了了不起的本领。

米格罗姆先生点点头：“非常好！不过还是平手。”

甄妮娜跺脚，尖叫抗议。米格罗姆先生抬起手，甄妮娜不叫了，一放下，她又开始叫，米格罗姆先生又举起手，她终于停了下来。

“爸爸，你不是说过我很棒吗，还记得吗？”

他说：“我记得啊，我真的认为你很棒！”

甄妮娜朝我吐舌头，“我很棒！”

米格罗姆先生：“你们俩都一样棒，你们各自有各自棒的地方。”

“爸爸，我棒在哪里？”

他叹了口气，坐在仅有的椅子上——他总是觉得疲劳。他停止微笑，不过不知何故，他看起来还是在笑。他指尖按在甄妮娜的鼻子上，“你是女孩样儿的棒，他是男孩样儿的棒！”

甄妮娜看看我，她是我知道的唯一需要抬头才能看我的人。她仔细看着我，然后转过身对她父亲说：“女孩样儿的棒比男孩样儿的棒好，对吗，爸爸？”

米格罗姆先生疲惫地坐在椅子上，摇着头，按着甄妮娜的肩膀，把她转过来，在她屁股上轻轻地拍了拍，说：“去和米萨玩挑棍子的游戏吧。”

我们刚刚叉腿在挑棍子游戏用的棍子两边坐下，忽然，听到院子里传来人喊叫的声音。我听不清他们在说什么，于是走到窗前，伸出头，终于听清楚了：

“希姆莱来了！”

23

我冲下楼梯，跑过院子，来到大街上，甄妮娜尖叫嘶吼着要去踢死希姆莱，她父亲和谢普赛尔叔叔两个人合力把她拦住。

我侧着身子穿过人群，“希姆莱在哪？……希姆莱在哪里？”我循着人们手指指引的方向穿过条条街道，最后看到有很多汽车驶过，是一个车队，汽车身形巨大，宏伟壮观，车顶向下凹。汽车有自己的统一服色，全身银灰，和坐在它们上面的士兵一样面无笑容、庄严肃穆。小贩的手推车赶紧让道。我感到惊讶的是人们并没有倾巢而出，聚集在人行道上观看。有几个人拿着帽子站在路边看，其他人继续前行，双眼直视前方，我扯了扯其中一个人的衣袖问：“哪个是希姆莱？”那人继续朝前走，仿佛我并不存在似的。只有巡警看着游行的队伍，立正，伸出一只手，像长统靴士兵那样敬礼，好像是在伸手去摸一件其他人看不到的东西。旁边有张报纸盖着一具尸体，报纸的一角在微风中摇动。

我开始莫名地害怕起来，乱抓着旁边的人问：“哪个是希姆莱？”没有人回答。我小跑着跟上汽车，盯着那些雄壮的士兵，他们直视着前方，军帽上绣着一颗银色的大鹰章，老鹰张开翅膀，仿佛在紧盯着人们，以防不测。老鹰的翅膀跟天使的很像，不同的是老鹰的翅膀是完全张开、飞翔着的。

我大声问汽车里的士兵：“你是希姆莱先生吗？”

有几个士兵低头看了看我，但没人回答我。我一辆车一辆车地跑去问：“你是希姆莱先生吗？”有个人坐在第一辆车的后排座位上，这是我看见过最雄伟的长统靴士兵，肯定是他了！他僵硬的立正姿势比我在院子里的还要好，而且他是坐着的呢！金黄的头发在鹰章帽子下蜷曲着，头好像是用石头凿成的，下巴骨就是他最有力的武器。我大声喊：“希姆莱先生！希姆莱先生！”他一动不动。

但有人动了。

汽车前排乘客位置上的一个士兵轻轻转过头，一只眼盯了我好一会儿。经过又圆又厚的眼镜镜头放大，他的眼睛显得特别大。这个人唯一可观的东西就剩他的那身制服了。一小撮黑胡子像是从他鼻孔钻出来的，脖颈细瘦，头看起来比石头还要圆。这个人能是希姆莱吗？就是那个长统靴士兵二号头子？不可能。他看起来像谢普赛尔叔叔。

我有很多方法可以验证他是不是希姆莱：作为所有犹太人的主

宰，他穿的靴子肯定是最霸气的，也许能沿着双脚一直往上裹到大腿，也许还别着银质鹰章呢。

军队加快了游行的速度，我跑着跟上，“先生！让我看看你的靴子！希姆莱先生！”

突然，我撞到人怀里，倒在地上。站起来后，一根棍子在我眼睛前面来回晃动。我听见一声响亮的亲吻，一阵令人窒息的薄荷味飘了过来。在摇动的棍子的远方，游行队伍走过墙上开着的大门，消失了。

我抬起头，知道是谁拿着棍子了，是布冯，那个最坏的巡警。他是我唯一真正害怕的人，大伙儿都怕他。

没有人能解释像布冯这样的人的存在是怎么回事儿。看起来他不太可能是犹太人，但同时他又不是长统靴士兵。我们大伙儿都觉得他是华沙城里的香肠商人——他长得就像一堆肥香肠。他非常厌恶犹太人，所以他假扮成犹太人住在隔离区里，然后想办法变成巡警，以折磨犹太人来获得内心的满足。

和其他巡警一样，布冯也不能带枪，但有没有枪对他而言毫无差别，就算他能用枪来杀人，他也不用。他只带着棍子，据说他爱听棍子敲破脑壳发出的声音，就像敲南瓜一样，但这并不确切，他很少用棍子，他真正的武器是双手。

他最喜欢做的事情就是徒手杀死犹太人，而且不是所有犹太人，是犹太儿童。如果你是成年犹太人，他会径直走过你，但遇见犹太儿童，他就会追过去。他有时会离开街道，在小巷子和废墟堆中蹒跚而行，用棍子敲着大腿，寻找他的猎物。当发现要追逐的人，他就亲吻他的棍子。好在他很胖，跑得慢。如果他抓住你了，或者骗到你了，他会用棍子把你打晕，然后把棍子塞进腰带里，摇动着手指，等待着下一个猎物。

他常常带着一身薄荷味，不是因为嚼口香糖或吃糖果，而是嚼薄荷叶，有人喜欢嚼烟草叶，他却喜欢嚼薄荷叶，嘴唇上经常残留有薄荷叶小碎片。如果你能看见薄荷碎片，如果你能闻到薄荷味的时候，他就已经离你很近了。事实上，这就是为什么当有小孩被布冯杀了的时候，我们就会说：“他闻到薄荷味儿了。”

他最喜欢用的杀人方法是直接把你的脸埋在他深不可测的肚子上，让你窒息。这时，薄荷的气味就在身体周边盘旋，只有马车过来才能把味道带走。

我觉得布冯最厌恶的人是我，我是唯一贴近他，闻到薄荷味道，还能活着到处宣扬这件事儿的人。虽然我很怕他，但是我也经常去惹恼他。我情不自禁就想叫他肥佬，我不识相，如果我识相的话，我就晓得跟其他伙伴们知道的那样：对布冯最好的防守就是低调，不要引起他的注意，不要让他看见你。

而我呢？如果我看见他大摇大摆地走在街上，我就会悄悄地跟在后面，突然大声喊：“肥佬！”我是他的小麻烦，他认得我的声音，他转过身来，火冒三丈，棍子在空中挥舞，而我就急忙躲开，大声嚷道：“你这个耳朵长毛的怪物！”一边嚷一边用拇指挤着鼻子对着他，然后迅速跑到人群里去。

现在他就在这儿，赫然出现在我面前，笑着亲吻他的棍子，这就给了我足够的时间逃跑——但这次却不能了，他穿靴子的脚把我的脚踩死在地上——他的靴子已经磨损，沾满污泥，一点都不像长统靴士兵的靴子。我痛得直叫，他大笑，哐啷一声把棍子扔到街上——他不打算用棍子，他要把我淹没在他的肚子里。他肥厚的手掌紧抓着我的肩膀，薄荷的气味儿简直要把我熏晕，我的鼻子沉没到他肚子里了。突然，我挣脱了，我从他踩着的鞋子里抽出脚，赶快跑，在人群中横冲直撞而去。

跑到安全的地方，我停下来坐在路边。我又一次挫败了布冯，我还活着。我把剩下的一只鞋脱掉，扔掉。现在是春天了，当寒冷再次降临的时候，我会再偷双新鞋穿。

那天晚上，我躺在毯子上，笑着和伙伴们说我走到布冯身边叫他肥佬的故事。

乌里没有笑，他说："别再这样。"

我说："别再怎样？"

"别再惹布冯。"

我问："为什么？"

他狠狠地打了我三拳，再次说道："别再这样！"其他的伙伴们都不做声。

我转过身，独自抽泣着睡着了。我从未提及那个不可能是希姆莱的人。

24

科尔扎克医生曾对我说："去找母牛。"

那是科尔扎克医生唯一对我严肃的一次。每次我从墙的那边给孤儿带去食物，他都欣然接受，抚摸着我的头说："我的小贼。"当我转身要走的时候，他总是对我说："路上当心。"有一天他加了一句："去找母牛。"从那以后，我每次见他，他都说："去找母牛。"

母牛已经变成一种信仰了，你可以相信或者不信，就像天使、母亲和橘子那样。如果像母牛这么大的东西出现在隔离区里，怎么可能不被人发现呢？它怎么能存活下来呢？它吃什么？碎石堆的灰尘吗？

孤儿院的孤儿迫切需要牛奶，这个需求是如此强烈，以至于母牛好像突然在人们的渴望中出现了，甚至有人几乎能看见母牛在街上缓缓走来，当然，实际上没有人看见过它，不过我们越是没看见，就越是相信它的存在，几乎每天都有人声称自己听见神秘的牛叫声。

很自然，有一天，甄妮娜也声称她听见牛叫了。

我说：“你不可能听见的。”我这么说仅仅是为了反对她老是编造事情。

她说：“我真的听见了！”当时我们在玩挑棍子游戏，她把棍子扫开。

我说：“你就像个婴儿一样。”

她说：“你就像个傻子一样。”

谢普赛尔叔叔正在看书，他抬起头，嘟哝着对甄妮娜说：“这儿没有母牛。”

谢普赛尔叔叔刚找到一本新书，他这些日子所做的事情就是看那本书，看完一遍又重头再看一遍。他看书的时候，总是喘着气嘀嘀咕咕。那是一本关于路德教会的书，他正在自学，想成为路德教的一员，摆脱犹太人的身份，这样他们就会让他离开隔离区了。

米格罗姆先生告诉他：“你是不可能摆脱犹太人的身份的。”

谢普赛尔叔叔说：“我已经不是犹太人了，我是路德教教徒。”

在谢普赛尔叔叔对着甄妮娜嘟哝这儿没有母牛的时候，我改变主意，站在甄妮娜这边，我说：“不是，有母牛的，我也听见了。”在那之前，我都不确定是否有母牛，不过从那时开始我就相信有母牛了。（我之前也有过这样的经验：我似乎相信从自己嘴里说出来的东西。）几天后，科尔扎克医生第一次和我说“去找母牛”，我的想法得到了确认。

我找不到母牛，到处都找过了，院子、后院、地下室和碎石堆，都没有母牛，也没有牛叫。

一天，我向其他的伙伴抱怨：“我找不到母牛。”

宜诺斯说：“那是因为根本就没有母牛啊，笨蛋！”

大块头亨里克吼着说：“没有母牛！”

库柏爬到大块头亨里克身上，坐在他的肩膀上，“我敢打赌亨里克在说谎。”库柏侧下身来，倒挂在亨里克前面，脸对着亨里克，“大块头亨里克，你相信这儿有母牛吗？”

大块头亨里克在库柏的重压下摇摇晃晃，他说：“嗯，我相信！”

大伙儿都笑了，因为我们知道他的回答不能说明什么，大块头亨里克不仅是我们这儿块头最大的，也是最好讲话的，他对什么事情都说是。

这是我们逗大块头亨里克游戏开始的信号。

“大块头亨里克，你觉得你是世界上最高大、最愚蠢的人吗？”

“是的！”

“大块头亨里克，你觉得你是小不点宝贝吗？”

“是的！”

“大块头亨里克，我们今晚能住进城堡里，睡在柔软的大床上，想吃什么巧克力就吃什么，而长统靴士兵做我们的奴仆吗？”

“能！”

宜诺斯说："问问他相不相信布冯，或者希姆莱。"

"大块头亨里克，你相信希姆莱吗？"

我插嘴说："我不相信，希姆莱没有来这儿。"我终于把那个壮观的汽车队的事情和他们说了，我告诉他们我是如何不停地叫着希姆莱的名字，而坐在前排座位上的长着一张鸡脸的人是唯一回头看我的人，他转过来用一只眼从眼镜片背后盯着我。

乌里说："那就是希姆莱。"

我说："他不可能是的，他看起来就跟谢普赛尔叔叔一样。"

乌里说："就是他。"

这么说来，希姆莱，这个长统靴士兵的二号头子，所有犹太人的主宰者，更别说也是所有吉卜赛人的主宰者，居然是个单眼鸡。从那时起，我对长统靴士兵的敬意渐渐消失了，我再也不想成为他们的一员。

25. 夏　天

甄妮娜头发上的蝴蝶结消失了，脚上的袜子也不见了。她的鞋带坏了，走起路来老是飘来飘去，鞋子上沾满了泥屑，我曾想过用口水把它们擦亮，但泥浆真的是太多了，甄妮娜的鞋子不再闪亮，我再也不能从鞋面上看到自己最好的镜像了。

甄妮娜经常大哭，乱踢，尖叫。有时她冲着她母亲尖叫说：“妈妈，妈妈，给我做个腌蛋！……给我做！……给我做！”她说她最爱吃腌蛋，但她母亲却还只是躺在房间角落的床垫上，无动于衷。

甄妮娜常常哭，但也常常笑，又不仅仅是笑，而是号叫，尤其是当我和她说希姆莱长得和谢普赛尔叔叔很像的时候。我们坐在地板上互相给对方抓虱子，谢普赛尔叔叔说："你们看起来像两只猴子。"我小声对甄妮娜说："希姆莱长得很像谢普赛尔叔叔。"甄妮娜忍不住暴笑起来，因为笑得太猛，她往后倒下，头磕到地板，虱子从头发里甩出来，她的头确实被磕痛了，甄妮娜这时不知道是该哭还是该笑，最后只好又哭又笑。

某天，甄妮娜跑来院子里找我，她尖声说："我找到母牛了！"她抓起我的手，我们往外跑去。她带我到一个被炸毁的冰淇淋店，还有两扇墙立着没倒，其中一扇墙上挂着张倾斜的图片，是头牛的图像。

她经常对我做些这样的恶作剧。有一次，她把我的黄色石头项链骗去戴了几天，我问她要回来，她就把项链扔过墙的那边，我简直不敢相信这件事。

我气疯了，也把一个包裹扔过墙去，包里装着她留在台阶上送给我的所有礼物。

她把我的帽子扔过墙去。

她之前在隔离墙的另一边找到个玩具动物，一直带在身上——是只蓝色和金黄色相间的填充玩具猪。她把玩具动物藏起来，我找到它，扔过墙去。

她说不要再扔了，还说就算我把她所有东西都扔掉了，她还是会送新的东西给我。我相信她，但还是不开心。她说新的礼物已经放在我的外套夹层里了，我找出来看，是老鼠骨头。

她喜欢惹我，让我追她，不管我追不追，她总会跑开。如果我不追，她就会停下来，拇指挤着鼻子，对我叫："傻—瓜—米—萨！"

她在我头顶上的窗口探出身子，扔生萝卜砸我的头，这时不用她惹我，我捡起地上的萝卜，装进兜里，走在她后面，抓住她，摇着她的身子，告诉她永远不要那样对待食物。她只是笑，我拿出沾满泥土的萝卜往她脸上擦，用更大力气摇她，而我摇得越用力，她就笑得越大声。

我对甄妮娜的声音太熟悉了——喋喋不休的声音，哼哼唧唧的声音，令人厌烦的声音，笑声，哭声等——以至于这些声音停下来之后，我耳朵里还能继续听到。有一天，我总觉得有什么不对劲，但又不知道是什么原因，后来才知道是因为甄妮娜不在的缘故。我已经一整天没有听到她的声音，没有看见她了。那天晚上，和平常一样，大部分活动都停下来了。灯泡很久没有亮过了，我们的光明随着白天光线的消失而消失。也没有人敲门问米格罗姆先生要药片或者药水了。谢普赛尔叔叔把那本教他如何成为路德教教徒的书藏起来了。米格罗姆太太倒是不用停下手中的什么活计，因为她本来就没有在做什么，她整日整夜地就是躺在床垫上，背对着我们，只在咳嗽的时候才会动一下。

通常，甄妮娜会透过指尖感觉，在黑暗中继续玩她的挑棍子游戏，直到她父亲喊她——“甄妮娜”，她才停下来，躺在我旁边的大衣上。但这天晚上，我还没躺下，她就已经躺在她的大衣上了。现在，我每天晚上都和我的新家人一起睡，米格罗姆先生经常和我们说晚安，首先是对甄妮娜说，然后对我说。我总是期盼着那个时刻，因为以前从来没有人和我说过晚安。这天晚上，他说完“甄妮娜，晚安”后，却没有人回答。

和平常一样，我等着所有人都入睡为止。我乐此不疲，总觉得如果有人听见我出去，他们一定会阻止我的，所以几乎每天晚上起来后，我都蹑手蹑脚地走出房间，踮着脚走下楼梯，走过月光照耀下的院子，来到街上。大胆行事而又不让人捉住，这是我的本能，但我也喜欢偷偷摸摸行事。

街上看起来很荒凉，但我知道其实并没有它显示出来的那么荒凉。我知道，在墙边某个地方，大块头亨里克正极力站着，库柏坐在他的肩膀上，拿两件厚外套铺在带钩的铁丝网上，耸身越过墙头，跳到墙的另一边，然后将一根绳子甩过墙头，等回来的时候大块头亨里克就用这根绳子再把库柏拉过墙来。

我知道，在我脚下不见天日的下水道里，那老鼠出没和粪便流动的地方，宜诺斯、费迪和独臂侠奥莱科他们正悄悄地朝着墙边爬去，费迪一阵一阵地抽着雪茄，他们借着烟头发出的亮光前进，同时用烟味来驱赶恶臭。

我知道他们都希望能和我一起出来，他们多么希望自己也能瘦得挤过两块砖宽的缝隙啊。

至于乌里，谁知道呢？他肯定在某个地方，做着某些事情。

我在各种阴暗的隐蔽处之间穿梭，到了墙对面的街上了。我站在某个巷口的阴影里，带钩的铁丝网远处闪耀着黑夜的光芒。有声音传来：当当，叮呤，人说话的声音，一缕音乐……我斜着身子往外看有没有巡逻的巡警，突然发现有人站在离我一臂远的地方，我简直不敢相信。

“甄妮娜！”

“我跟着你出来的。”

她咧着嘴笑，我一把把她拉进巷口。

我说："回去。"

"我不。"

"回去！"

"我要和你一起出去。"

她的眼睛像两滴月光。

"你不够小。"我说了句傻话。

"我比你还小。"

"我不会带你出去的。"

"你一定要带我出去，你是我哥哥。"

听了这话，我愣了一下。不过这样我就更没有理由答应她了。

"不行！"

"我要去！"

我打了她一巴掌，那两滴月光晃动起来。

她打回我一巴掌。

我和她的争论就这样不了了之。

我飞快地冲过街道到达墙边，瞬时穿过那两块砖宽的缝隙，到墙的另一边去了。不一会儿，甄妮娜也从洞口挤了出来。

26

她站在那儿，睁大眼睛说："原来城市的其他地方都还好好的呢！"

我跑到她身边，扯下她袖子上的臂章，塞进她的口袋里，我也扯下自己的臂章放进口袋，说："看吧，都是你害我忘了这个了。"我重重地踏着步子走开了。

被人看到在墙边可不是件好事儿，所以我走人行道，我听见甄妮娜跟在我后面的脚步声，我加快步伐，也许我不能阻止她跟着我，但是我也不会愉快地接受她做我的同伴。

很快我们就混杂在熙熙攘攘的人群里了，飘过墙去的种种声音都是打这儿发出的。隔离区里的所有东西都是阴沉沉的，人是阴沉沉的，声音是阴沉沉的，连气息都是阴沉沉的。而这里的每样东西对我来说都是彩色的：电车发出的叮当声是红色的，留声机中传来的音乐是蓝色的，人们的笑声是银白色的，而远处旋转木马发出的轻柔的声音更是五彩缤纷……每次我穿过墙出来，我什么事情都不想做，只想在街上瞎逛。

我紧记乌里的话：别让人觉得你有负罪感。所以我大摇大摆地在街上走，我直头愣脑地走向其他行人，让他们为我让路。我还吹口哨。话说回来，这样我就忽略了乌里的另一个警告：别惹人注意！像隐形人一样！

不过也许或多或少我都留心到乌里的话了，我抵制住了想把那个蓝白臂章拿出来戴在手臂上的冲动；能成为米格罗姆家的一员，我感到非常骄傲，我也为自己是个犹太人而自豪，我想挥舞手掌大声叫：嘿！大家看我，我是犹太人！是亚伯拉罕的狗杂种！——但我终于没有这样做。

我听见甄妮娜在我后面吹口哨。

我去到我最喜欢去的地方：一个专门为长统靴士兵开放的旅馆。长统靴士兵在那儿吃饭、喝啤酒、睡觉。一个骆驼模样的绿色霓虹灯在旋转门上方闪烁，时亮时暗。我和往常一样，走进旋转门，跟着门绕一圈，又出来了。甄妮娜也学我，但转起来之后她就停不下来了，我把她拽出来。

在周围逛了一圈，我又回来了。和我一般高的垃圾桶像士兵一样排列着，跟往常一样，垃圾桶盖是开着的，有几个小孩在恶臭和蛆虫堆里刺探，他们根本没空理我。通向藏食物的地窖的门和平常一样锁着，几个窗子开在和地面齐高的地方，玻璃的前面有钢条护着。

我在一个窗子前面跪下，推开窗，脱下外套扔进里面去，侧着身子挤进两根钢条之间，一头扎进昏暗的地下室，我对此习以为常——这个世界是为身材高大而行动迟缓的人建造的，而我在世界的夹缝里生存。

我正弯下腰捡我的外套，这时，甄妮娜的外套砸在我的屁股上。她穿着贴身衣服狼狈地翻滚下来，大叫："哎哟！"

我说："别做声。你就该待在家里。"

我从口袋里拿出麻布袋，打开。

她问："要这个做什么？"

我说："装吃的。"

"我没有带袋子来。"

"真可惜。"

"哪里有腌蛋？"

"这里没有腌蛋。"其实就算我见到腌蛋，我也不认识。

她手扫到架子上的一大罐咖啡，罐子重重地摔到地上。

我攥着拳头在她面前摇了摇，说："别乱动。他们会听见的！"

她撅起下巴对着我，说："我讨厌你。"

"我也讨厌你。"

"好啊！"她说完就跺着脚在架子间走着找腌蛋了。

我开始我的工作了。蓝骆驼旅馆食物地窖里的很多食物都装在沉重的罐子、坛子里，很难提着它们走远路，这是个麻烦事儿。所以我将注意力集中在较轻较小的东西上，像装在木箱子里的圆葱、生菜、萝卜和卷心菜；一箱箱苏打饼干、一堆黑色或棕黄的面包；灰色的，放了很久的鱼干，还有果冻、蒙着草屑的马铃薯等等。我不要冷藏库里的那些新鲜肉类，因为我们没有办法把它们弄熟，但干巴巴的香肠却是最好不过的。

我把袋子装满，然后开始要犒劳自己了。虽然坛坛罐罐装着的水果、蔬菜太重了拿不走，但这并不意味着我不能就在食物地窖里好好享用享用。我在一个满是灰尘的角落里找到一坛糖水泡的桃子，坛子圆鼓鼓的，足有我一般大，我旋开盖子，掏出一个桃子。

“那是什么？”甄妮娜的声音从我肩膀后面传来。

“你觉得它像什么？”我把桃子塞进嘴里。

她伸出手，说：“我也要一个。”

我拍了拍她的手，说：“这是我的。”

她攥紧拳头，身子往后侧，大叫着：“我饿死了！”

我抓起一个桃子塞进她的嘴里，说：“给你。”突然一扇门开了，光线从上面射下来，我急忙盖住罐子，推回去。脚步声从楼梯半中央传来，接着又停了下来，一个声音传来：“有人吗？……有人吗？”

我们蹲在水果罐子旁边，鼓着脸颊，桃子汁沿下巴流下来。

“有人吗？”

最后，脚步声走远了，门也关上了。我把一个柳条箱推到窗子前，爬上去，用力把装满食物的袋子挤过钢条，然后自己也挤过去。我得帮着拉甄妮娜上来，因为就算站在柳条箱上，她也还是够不着窗子。

我扛着食物袋子，和甄妮娜一道回去了。我们藏身在阴暗处和小巷子里，最后，在月光下冲过那个两块砖宽的墙缝，回到墙的这边；

然后又在月光下冲回阴暗的地方。

我去孤儿院。科尔扎克医生总会在屋后开个窗子，我推开窗子，把袋子里的一半东西倒进里面去。

甄妮娜说：“你在干吗？”

我告诉她：“给孤儿带吃的。”

“你应该给我们带吃的。”

我对她乱发脾气的行为已经厌烦了，我说：“我想给谁带吃的就给谁带吃的！”我砰地把窗子关上，回家。

27

第二天，我去找其他伙伴们，他们现在住在一个被火烧毁的屠宰店后面的小巷子里，我相信我能找到他们。我还没到那儿，就听到砰砰的重击声，接着是一阵欢呼，接着又是一阵重击，然后是欢呼……发生什么事情了？我转过街角，看见大块头亨里克正抓着库柏的脚踝，倒提着他，周围到处都是骨头，费迪拿着一块大骨头敲库柏的屁股。

看见我过来，费迪停了下来，说："米萨，快来！把你头上的虱子敲下来。"

费迪每次敲库柏，我都能看到有细碎的像盐巴一样的东西从库柏的头发里连续不断地洒落到地上。每敲一次，库柏就像落地钟的钟摆那样前后摇摆。结束后，库柏拿过费迪手上的骨头，说："轮到你了，米萨。"听他这么一说，我的头出奇地痒，似乎能感觉到虱子在上面爬。

我四肢着地，趴在大块头亨里克前面，很快我就头朝地，腿悬在空中，眼睛盯着亨里克的膝盖了。库柏说："做好准备啊。"接着是费迪的声音："等等，书！"费迪把一本书塞进我的裤子里，库柏这才开始敲我，他一敲，我似乎觉得整个世界都在晃动。这时又有个尖叫声传来："停住！停住！"

我尽力扭起头，看见甄妮娜向库柏袭来，对他拳打脚踢。费迪用手抓她，把她抓住一阵猛打。

库柏说："我没有伤害他啊！"

宜诺斯问："她是谁？"

库柏还在挥着骨头敲我，在他的敲打下，我断断续续地说："她是甄妮娜，我……的……妹……妹……"

库柏给我弄完之后，甄妮娜嚷嚷着："我也要，我也要！"

她向大块头亨里克走去，这时宜诺斯说："女孩子穿裙子怎么能倒立呢，给她穿上裤子。"

我是最小的，大家选中我把裤子给甄妮娜，我脱下裤子给她，把书塞到裤子下。她倒立起来，库柏开始敲她的屁股了，每敲一次，她就又叫又笑。

我突然想：也许她的天使要出来了。这是我最近从伙伴们那儿听到的关于天使的事情，他们说每个人身体里都有一个天使，人被杀死之后，天使就会出来，飞到天堂去。不过当我问天堂在哪里的时候，每人的回答都是不一样的。

库柏说是俄国。

奥莱科说是美国的华盛顿。

宜诺斯说："你们都太蠢了。天堂就在这儿，就在华沙，就在墙的另一边。"

看着甄妮娜瘦小的身体随着每次敲屁股而上下跳动，我不能想象她身体内的天使能忍受这样的折磨。我目不转睛地盯着甄妮娜，但从她身上出来的，除了叫声笑声之外，就只有虱子了。

库柏终于停下来了，甄妮娜却求他再敲一阵，她不想脱裤子给我，我绕着废墟堆追她，书在裤子里跳来跳去，就像夹着一块马粪，大家都笑了。突然，笑声停止了，我转过身来，看见有四个人站在烧焦的屠宰店的角落里，包括甄妮娜在内的所有人都停下来，盯着他们看。

是两对情人，男的是长统靴士兵，制服上的勋章像早晨的星星那样闪烁着，女的头发金黄，戴着小白帽和手套，他们四个都在笑。

其中一个长统靴士兵手里拿着样黑色的东西，我确定那是一杆枪或什么别的武器。我想：我们为什么还不快逃跑呢？突然，我看见甄妮娜朝他们走去，我大叫："甄妮娜！不要！"

那长统靴士兵依然微笑着，举起手上的武器，放在眼睛旁，瞄准甄妮娜。

"不要！"

我冲向那长统靴士兵，他没有鼓胀的肚子，他用空着的那只手把我推到一边，再次拿武器瞄准甄妮娜。我听见"咔嚓"一声。

宜诺斯叫着说："米萨，别动。那是相机，是用来照相的。"

我不知道他在说什么，但我还是退了回去，拿着相机的那人继续瞄着甄妮娜咔嚓咔嚓。甄妮娜在我旁边的灰尘里舞动起来，笑着对拿着相机的人说："再来一次！……再一次！"

那两对情侣不仅是微笑，而是开怀大笑起来。两位女士笑得前仰后合，不得不紧贴着男人的手臂。后来其中一位女士捏住鼻子，另一位也跟着捏起鼻子，更加放肆地笑，拿相机的男人不断地给她们照相。她们笑得越大声，照更多相片，甄妮娜就笑着跳得越起劲儿，她跳舞扬起的灰尘飘落到他们的鞋子上。

笑声渐渐停下来，甄妮娜向前走去，走到一位女士旁，问："你是在墙的那边住吗？"那女士不做声，只是低头微笑地看着她。甄妮娜伸出手摸着那位女士黑白相间的格子图案裙子，那女士脸上的笑容顿时消失了，她往后退，不让甄妮娜摸，低头看看雪白的鞋子上的灰尘，对其他人说了些什么，又笑了起来。

照相的那个人把相机给他的女同伴，走到甄妮娜和我旁边，挨着我们站在后面，我能感觉到他的微笑。虽然他离我们很近，但他却没有碰我们，他对他的女同伴说了什么，她瞄准，咔嚓按下相机。

现在，他们可能就要杀我们了，我想。

但他们却没有，他们径直走了，他们离开的时候，我大声问："你们会杀我们吗？"

他们不回答，宜诺斯赶紧跑过来，敲着我的后脑壳说："吉卜赛蠢货，学着闭上你那张笨嘴。"

我真希望乌里在那儿，我情愿是他捶我的头。

费迪问："他们是谁？"

宜诺斯说："长统靴士兵和他们的女朋友，他们来隔离区散步，今天是礼拜天。”

我问：“什么是礼拜天？”

宜诺斯冷笑着说：“他们不杀人的那天。”

回到街上，我们又看到了别的长统靴士兵和他们的女朋友在散步。

长统靴士兵的女人们都戴着白手套，我情不自禁地盯着那些手套看，它们比雪还要白。

28

夏日飞逝。我把夏天想象成小鸟的样子，我脑海中有真实的鸟的模样，我还记得我躺在散发着胡萝卜味儿的草丛中听它们唱歌呢。除了乌鸦，其他鸟儿都不会到隔离区来，这儿没有它们要吃的面包，没有草种。来这儿的乌鸦不会唱歌，它们互相呱呱叫，好像在说：“我在这儿找到一个！”或者是“滚开！这是我的！”这里有足够它们吃的东西。它们吃死人。乌鸦和苍蝇乱飞。

早上，马车就会出来。以前还剩有几匹马，拉着马车早上出来，后来这些马也被长统靴士兵带走了，所以驾马车的人现在变成拉车的马了。当马车遇到躺在街上的人体，它就停下来，拉车的人就走到那个躯体旁。但并非所有的躯体都是死的，如果躯体上仅有苍蝇而没有乌鸦，尤其是没有盖着报纸的话，可能就还是活的。也有时候乌鸦会把报纸啄掉。

拉车的人来到尸体旁边的时候，乌鸦通常就会走开，它们走出五六步，回过头来对着拉车的人呱呱叫。这时，一个人握着手，一个人抬着脚，把尸体甩到马车上去。随着尸体砰地落在车上的尸体堆里，满车苍蝇飞扑出来，就像虱子在重击之下纷纷飞出一样。接着苍蝇又聚集回来，这时就有一两只乌鸦落到车上，跟着车子一同前进。

我以前觉得如果街上躺着的人体上没有鞋子，没有袜子，也没有外套，那这就是一具死尸。但后来我看见过这样的一具人体从马车的尸体堆里爬出来，走了。是捡尸体的人搞错了，但乌鸦却是值得信赖的，它们从来不会搞错。

有人是病死的，也有人是饿死的，对生病，我无能为力，而说到饥饿，我就是在饥饿下生存的，为我的家人提供食物——甚至尽可能为科尔扎克医生的孤儿提供食物——是我生存在世界上的全部意义。偷窃、速度、身形、鲁莽愚蠢，所有这些都使我成为最好的小偷。

不论我到哪儿，甄妮娜都像影子一样跟着我。我晚上从墙缝钻过去，她也在那儿，拿着个麻袋跟在我后面。我从来不和她说话，就当她不存在。

我们突袭蓝骆驼旅馆，突袭华沙城里各种最好的房子，我们发现很多喜欢的厨房，其中有一个我们尤其喜欢，在那里总能找到腌青鱼。我们在那个厨房里可能太忘乎所以了，居然总是打开灯！有一晚，我们正在挑选青鱼的时候，甄妮娜说：“你好。”我回过身来，看见一个小男孩站在门口，穿着睡衣，在灯光的照耀下半眯着眼睛。

那男孩咕哝着："你们是谁？"

"我是甄妮娜。"她回答道，那一瞬间，她似乎变成了大人了，指着我介绍说："这是米萨。"

那男孩揉着眼睛："你们是犹太人吗？"

甄妮娜笑着说："哈哈！犹太人？不是，我们怎么可能是犹太人呢。我们不是，哈哈。"她伸出手递过一片青鱼给那男孩："要吃鱼吗？"

男孩接过鱼，接下来的一个小时里，我们三个人围在厨房桌子周围吃腌青鱼、饼干、甜饼，喝牛奶。喝牛奶的时候，我想到了科尔扎克医生和母牛。为了防止他说话或者笑得太大声，我们和小男孩说我们正在玩一个叫"看谁说话小声"的游戏。当我们带着满满的袋子从窗子里出去的时候，他哭着要跟我们走。我们和他说我们会回来看他的，但其实我心里清楚，我们再也不会到那栋房子去了。

起初甄妮娜的父亲并不知道她跟着我出去偷东西，我们总是趁他熟睡的时候悄悄溜出去。我觉得谢普赛尔叔叔通常是醒着的，但他也从来没说过什么。一天晚上，我们背着满袋东西回来，发现大家排成队伍站在院子里，长统靴士兵在叫嚷，警犬乱吠，灯光耀眼，"你们这些亚伯拉罕的杂种！"

我们藏起袋子，悄悄走到最后一行人里，我们蹑手蹑脚地在人群中走动，找到米格罗姆一家。我很震惊地发现米格罗姆太太也站在队列里，头垂到胸前，这是个非常糟糕的立正姿势。

米格罗姆先生的手垂了下来，捏着甄妮娜的耳朵，甄妮娜吱吱叫。

旁边的一个长统靴士兵大叫："你们这些臭畜生！你们这些垃

圾！从来不洗澡的吗？！”

我希望布冯不在这儿，这可是他能抓住我的好机会。

一个拿着扩音器的人走上前来，“我们知道你们都做了些什么！这是给你们的第一次，也是最后一次警告！我们迟早会抓你们！对了！对了！如果你们被抓到，幸运的话，就会被枪毙！万一不幸，我们就绞死你！不管怎么样，你们都是死！一种方式是慢点死，不过更痛苦！你们明白了吗！”

“遵命！”我大声喊着，用长统靴士兵的话说“是的”。其他人都不说话。

这次轮到我的耳朵被揪住了，我抬眼看看米格罗姆先生，问：“他在说什么？”

他小声说：“说你呢，小偷，你现在得停手了。”

我没有停手，但我努力让甄妮娜停手。下一次她又在夜里跟着我，我在院子里停住，叫她回去。

她说：“不。”

我告诉她：“你爸爸要你停手，如果他们枪毙你，他会疯掉的。”

“不。”

“他们会绞死你的。”

“不。”

“你挡住我了，你是个臭犹太人！”

“你也是。我不回去！”

在夜色下，我几乎看不清她的脸，我打她，这次我不给她还手的机会了，我把她按倒在地，她起来朝我使劲乱打，我不停地推她打她。她哭了，我不管她，走了。她不跟着我，而是开始大声喊："米萨要翻墙啦！米萨是小偷！米萨是小偷！"

街外面吹起一阵哨声。

我跑回到她身边，用手捂住她的嘴巴，说："好了，好了。"我拽她的头发，她的号叫声在院子里回荡，哨声响起，我们跑了。

29

我们小心翼翼走到墙边，径直钻过两块砖宽的裂缝，但那晚我们没有偷东西。我的想法是：只要不偷东西，就能保证甄妮娜的安全。每当我们从别人家的房子前面经过，她都会不停地烦我：“我们进去吧……去吧！”

为了分散她的注意力，我带她去旋转木马那儿。四周漆黑，一片荒凉，人们都在睡觉，远处街灯的光线照在几匹从黑暗中探出头来的马身上。没有音乐，周围也没有什么东西，但我却敢发誓它们都在动，我看着空旷的场地，想到那匹蹄子被砍掉的漂亮的黑马，想到那个被冻得全身发青的人。

为了躲开灯光，我们走到离我们较远的那边去，每人爬上一匹马，装做骑马飞奔赛跑的样子。甄妮娜一直嚷个不停：“我赢了！”不一会儿，她来到我骑的马边上，爬到我身后，双手搂着我的腰，下巴顶在我后背上，说：“快点！快点！”

玩倦了之后，我说：“你想看天使吗？”

她问：“天使是什么？”

“我带你去看。”

我们爬下马，我带甄妮娜到墓园去。月亮在云层里时隐时现，夜晚的天空像冒烟的废墟。费了点小周折后，我们最终找到天使了，它耸立在我们头顶上方，两扇翅膀遮住了大半天空。“在那里！”我说。

她抬头凝望，张着嘴巴，说：“天使？”

我告诉她：“这不是真的，只是个石头做的，如果你能见到真的天使，你就发现它们就长这个样子。”

“为什么我们看不到真的天使？”

“因为它们藏在人的身上，你身体里也藏着一个呢。”

“在我身体里面？”

我用手捂住她的嘴，说：“每个人身体里都藏着个天使，人死了之后，它就从里面出来了，人总会死的，但是天使不会，天使永远都不会死。”

甄妮娜仰望着天使巨大的翅膀，说：“太大了，我身体装不下它呀。”

“它藏在你身体里面的时候很小个儿，它跑出来就会变大的，就像气球一样。”我嘴里经常会添油加醋地冒出些其他伙伴们忽略的细节。

她四脚朝天，躺在地上，手指塞进耳朵和鼻孔里，说："我感觉不到它呀！"她举起手，把我嘴巴拉开，努力朝里面张看，"我也没看见你的，"她生气地跺脚，"我要看天使！"

我说："你看不到的。天使不住在这儿，它们住在天堂里。"其实我并不相信我们看不到天使，我相信迟早有一天我能瞥见天使从刚死的人身上出来，或者是它正在尸体附近游荡不肯离去。

"天堂在哪里？"

我说："我不知道。宜诺斯说就在这儿，在墙的这边，但我却从来没有在这里看见过天使。库柏说天堂在俄国，奥莱科说是美国华盛顿。"

"美国华盛顿是什么？"

"宜诺斯说那里没有隔离墙，没有虱子，有很多马铃薯。"

甄妮娜伸出手摸着石头天使的脚，突然拍了它一下，说："我不喜欢你！"

我们回家去了。

我希望这次我们不再碰见有人列队站在那儿了。果然没有，但是有了新的情况。我们隐蔽在阴暗处，悄悄地往家走，看见远处一个角落里有橙黄色的亮光，耳边传来奇怪的声音，像一阵强劲的风吹过。我们悄悄溜到那个角落，偷偷看发生了什么。我简直不能相信我看到的：有人在放火！火苗从水管中涌出来，像一管燃烧着的水流，向下蔓延到街上的下水道口。

宜诺斯！

费迪！

奥莱科！

我和甄妮娜跑回家。我难以入睡。第二天拂晓，甄妮娜还在打鼾呢，我跑到屠宰店废墟去，他们全都在那儿，我告诉他们我昨晚看见的事情。

费迪吐了个烟圈。

奥莱科说：“是喷火器。”

宜诺斯说：“哗啦，它们全倒了！”

库柏说：“你这个下水道的老鼠应该和我一起穿过墙来，下水道臭死了。”

“他们顾不来这么多下水道口，”宜诺斯说，“而且灭火器的射程只有二十米而已。”

我说：“真华丽啊！”他们都注视着我，如果我也能看见我自己，我肯定也会注视自己，我不知道是从哪里学来的这个词儿，但事实真的如此，当我在黑暗中看见橙黄色的明亮火光的时候，我比以往任何时候都更清楚，我所住的世界是多么的暗淡无光啊。

30

甄妮娜要跟着我，我没办法阻止，但我们又不能靠吃旋转木马和石头天使来过活，所以很快我们就又开始偷食物了。接着发生了一件让我高兴的事情。

那天很热，空气湿润。甄妮娜和我在墓园入口不远处的杰希尔大街上看到一长队装着尸体的马车排列在那，马车上的尸体成山，多得让我数不清。遮天盖地的苍蝇在成堆的手臂、腿脚上欢喜地盘旋，空气中充满了嗡嗡的声音。

只有几个活人随着马车而来，他们穿着破衣服，站着，除此之外，他们看起来和那些尸体并没有什么两样。一个老妇人紧握着尸体堆里伸出的一个脚踝。入口处有个巡警在收钱——只有死人才能免费进入墓地。

忽然一阵骚动，我们顺着声音的方向走到街道的交叉口，看到一些长统靴士兵、巡警和小孩，其中有个巡警是布冯。人们都在观看，我想他们其实也并不想看，只不过长统靴士兵的枪正对着他们。同时，在广场的中央有一堆圆葱，我能闻到圆葱的气息。

一个长统靴士兵拉开孩子们的外套，圆葱从他们身上滚出来，孩子们看起来都有一个同样的毛病：他们都是驼背的。只不过他们背上的驼峰是圆葱堆出来的。

所有驼峰都被清空后，那个长统靴士兵朝着人们大声说："警告你们！别偷东西！我们警告你们！"接着长统靴士兵和巡警就开始用棍子打孩子们，孩子们的帽子到处乱飞，他们倒在地上大喊大叫，在圆葱堆里流着血，人们在旁边看，无动于衷。

我拉甄妮娜走开，说："看到了吧？"我捏着她的胳膊，摇着她说："看到偷东西的下场了吧！你想要那些事情发生在你身上吗？"

她冲着我的脸吼道："我恨你！"挣脱我的手跑了。

我心想：好！她终于知道教训了！那天剩下的时间里，我都在想烦人的东西终于走了。

为了确认这件事，我告诉她父亲，告诉他甄妮娜一直跟着我，和我一起偷东西；告诉他我阻止不了她，不能保证她的安全。甄妮娜站在我旁边打哈欠，她父亲的表情僵硬而难看。我想他要打她了，但他却连碰都不碰一下她，弯下腰，脸伸在她的脸前面，就像站在队列里的长统靴士兵。他说了一个词儿："不要！"

他嘴唇撅起，微微颤动，一双大眼睛湿润了，甄妮娜朝床垫跑去，扑到床垫上，抱紧她母亲。

那晚我出去的时候，她留在原地不动。现在要爬下楼梯是越来越难了，因为楼梯上睡满了人，越来越多的人被运到隔离区来，楼梯井、厕所、地窖和楼顶都住满了人。我从熟睡的人群中摸索着出去，在院子的隐蔽处等了片刻，没人跟来。我朝那个两块砖宽的墙缝走去，路上的每个转角，我都停下来，回头看看，确认没有人跟着我。我扭着身子挤过墙缝，心想：终于自由了！

第二天，我回到墙的这边，坐在街边，看着坐在对面的一个小女孩在吸着鼻子里流出的鼻涕，忽然听到一个熟悉的叫声："肥佬！肥佬！"

我赶紧跑。千真万确，是甄妮娜，她在街道中央，半蹲着，大声地叫，拇指放在鼻子上，对着布冯做蔑视的姿势，学着我的样子尽力羞辱他。他笨重地在甄妮娜后面追，我看见他眼睛微弱地闪着亮光，嘴里吐着薄荷叶的微粒，肥胖的肚子上下抖动。

甄妮娜尖叫着，边笑边跑，我跑到她身边，在转弯的时候，我把她推进一个小巷里，布冯走过来，我扔石头砸他。我看见他的眼睛滴溜转，攥紧拳头，在寻找甄妮娜。想到他要把甄妮娜拉到他那令人窒息的肚子前，我简直不能忍受。我记起墓园里库柏和出殡队的事情，于是转过身，背对着布冯，拉下裤子，亮给他一个月亮。我听见他在咆哮，还没等拉上裤子，我就急急忙忙跑了。

终于回到院子里了，甄妮娜忍不住一直笑。

我讨厌她什么事情都要模仿我，我的所有才能在她面前都显得毫无用处，我没有办法摆脱她，她就像我的影子那样。为了减少她模仿我的举动，从那天起，我不再羞辱布冯了。

那天晚上，我突袭了墙外的两家房子，只找到几颗发芽的马铃薯和一罐沙丁鱼。甄妮娜还是跟着我。我把一颗马铃薯扔进孤儿院开着的后窗，磕磕绊绊地经过楼梯上熟睡的人群，回到房里。

房间里一片漆黑，我躺下，伸出手去找甄妮娜，却什么都没有碰到，我四处摸索，她不在这儿！我站起来，脑子里闪过一个我不愿意相信的念头。我站起来，直到听见“吱”的门开的声音，才又躺下。我感觉到她的脚步，她经过我到她睡的地方。我继续睡觉了。

那晚回来，我放了两颗马铃薯和沙丁鱼到桌子上，早晨起来，桌子上多了三颗马铃薯，还有一块薄煎饼。

夜复一夜，这种情况一直持续着：穿过墙，去到天堂（多亏宜诺斯，现在我们都把墙外的世界称作天堂了），突袭厨房、地窖、垃圾桶，当然，我们都是各自为战。甄妮娜表现得像个乖巧的女孩儿，遵守爸爸的话：她不跟我出去。——而是自己出去。

有时我们在隐蔽处擦肩而过；有一次，我们发现大家同时在蓝骆驼旅馆的旋转门那旋转，装做没看见对方；有一次，我们把头伸进同一个垃圾桶，差点撞到一起。

早晨，桌子上总有我们的战利品。她把她的和我的混在一起。每天早上，米格罗姆先生都谢谢我给他们找来食物，但他从来不和甄妮娜说谢谢，因为他相信她晚上从来没有离开过房间。她也从来没有为这讨求过荣誉。

为了阻止偷窃，长统靴士兵每到晚上就派更多巡逻和狗来隔离区。不时有枪声，尖叫声，放火器的橙黄光亮。我不害怕。黑暗一如从前。布冯似乎也只在白天出现了。

有一天，我们都很困乏了，从前一天晚上开始，在天堂里找食物就比以往都难了，我们回到房间的时候天都快亮了。我们睡了一会儿，然后一起到外面去。我们在院子的泥地里玩了玩挑棍子游戏，然后又到街上闲逛。我和往常一样警惕着，留心布冯和那神秘母牛出现的信号，但是，在苍蝇的嗡嗡声中，在温暖的日光里，我的意识开始模糊了，昏昏欲睡。我摇摇晃晃走进一条小巷，躺在地上，很自然，甄妮娜也学我的样子去做。很快我就睡着了。

突然，我猛地醒来。甄妮娜在尖叫，一个打赤脚、身上卷着破衣服的人无精打采地在小巷中走过。甄妮娜伸手抓过她在地上的鞋子，向我哀诉："他想偷我的鞋子。"

我笑了："他以为你死了。"

她朝着那团行尸走肉嚷道："我没有死！"

她穿上鞋子，盯着我，指着一样东西，问："那是什么？"

我看过去，是颗褐色的种子，长着白色绒毛的小花枝从种子里散出来，它粘在我的衬衫上。突然，这个东西的名字从我嘴里冒出来，我都不知道我是怎么晓得这个名字的，我说："乳草。"

她从我的衬衫上把它拔下来，拿着乳草种子，举起来对着光线。她用它来扫鼻子上的灰尘，咯咯地笑起来。她闭着眼睛，拿绒毛刷过脸颊，然后踮起脚尖，尽最大努力把种子举高，然后松开手，种子朝高空飞去。

她说："那是我的天使。"

接着，我们周围都是乳草的绒毛在飞，我在她头发上捡起一颗。

我指向远处，说：“看。”一堆废墟旁边有棵乳草树。

在隔离区荒凉的土地上看到一点绿色，一棵植物，这真是件令人激动的事情。那棵乳草树上的乳草种子鸟状的硬壳破裂了，蓬松的绒毛散出来，飞走了。我从草茎上摘下一颗种子，往丝线般的缝隙里吹气，让剩下的绒毛飞起来，一片白雪一样的绒毛渐渐升起，消失在云里。

31. 冬　天

我扭着身子穿过两块砖宽的墙缝的时候，看见一片枯黄的树叶在月光里悄然飘落，我伸开手掌。我知道甄妮娜肯定在我身后的某个地方。在这个严寒的夜晚，华沙城的街道和隔离区里的一样荒凉，但蓝骆驼旅馆却一直都是明亮温暖的。

我走过旋转门，突然瞥见大厅里有一头红发，我又绕门转了一圈，停在旅馆里。是乌里！他的穿着很光鲜——白色的衬衫、黑色的裤子和鞋子。我看了他一会儿，他推着有轮子的垃圾桶在大厅里走来走去，清理烟灰缸，把烟灰缸里的东西倒入垃圾桶。我大声喊：“乌里！”他没听见，径直沿大厅后面的一条走廊走去，我继续喊：“乌里！”

我跟在他后面跑，到走廊的时候，他已经不见了。我沿着走廊过去，向走廊两边的房间里张望。突然，我双脚离地，被快速拉进一个房间里，门砰地关上了，我什么都看不见，但我知道是乌里抓着我。他低声在我耳边说：“你来这儿干什么？”

“我看见你在这儿。哎哟！”他捏了一下我的手臂，“我叫你了，你没听见吗？你在这儿干什么？”

他摇着我说：“不要管我在这儿做什么！我在洗衣房干活。如果我再看见你在这里，我就叫他们毙了你。在这儿我不叫乌里。你千万、千万不要再那样叫我！”他用手捏着我的脖子，呼出的气息喷在我脸上：“你听见了吗？”

我哽咽着点点头。

“别再来这里了。出去，赶紧！”

他打开门，把我轰到明亮的走廊上。

回到街上，我很想看到甄妮娜，她通常都会在我视野之内，跟在我后面，但是又装做不是跟着我的样子。我没看见她，心里有个声音对我说：好！不过另一个声音又说：我不喜欢这样。

我隐身于熟悉的阴暗角落和小巷子里，这个晚上，我没有寻找新的目标，我只去了那些熟悉而可靠的垃圾桶那里和几个没人看守的食物储藏室里，我和甄妮娜都十分熟悉这些地方。我心里一直期望能撞见她，我不断地四处张望，但还是不见她的踪影。

和往常一样，等我办完事，月亮已经升到半空了。今天的月亮很圆，这是我最不喜欢的类型。平常情况下，我飞奔到墙边，径直钻过墙去，而今天，我得停在墙边，蹲在阴暗的地方等着。

我还不能停留太久，因为有人在墙边巡逻。每到夜晚的这个时刻，华沙城里除了巡警之外，就没有什么东西在动了。我耐心地等着，希望有小块零星的阴影把我引向墙边。在墙另一边的某个地方，有狗在叫，有哨子响，我想到其他伙伴们，希望他们都能安然无恙。

有东西沿着墙走过来了，月光下，突然有银白色的亮光在闪烁，是个巡逻。我把麻布袋塞过墙缝，然后自己挤过去。

不久，我发现甄妮娜了，她在某个街角附近站着不动，也没想着要做好隐蔽，装着食物的袋子扔到旁边地上。我没有喊她，从背后偷偷走近她，她没有动，仰着头，好像是在看着什么东西。忽然我看见了，是一具尸体，被绑着脖子吊在一盏街灯的横木上，那盏街灯早就不亮了。

我想为什么她会为了这具尸体而停下来呢？她也不是第一次看见死尸了，死亡和生存对我们而言都是习以为常的事情——甚至是那些仍然在呼吸的，在路上走着的人，他们似乎也在等着有人来告诉他们：你们已经死了。

但是为什么我的心在怦怦地撞击我的胸膛呢？那是因为我走近甄妮娜之后才看见那具尸体只有一只手臂，是奥莱科！他胸前挂着一块牌子，借着月光，很容易看清牌子上写的字，但我不识字。他的影子扁平地映在地上，也是吊死的模样。

32

我是贼

第二天，宜诺斯告诉我牌子上写的是什么。

他说：“他们要把我们都吊死。”

“不包括我，”我说，“他们抓不到我。”

“不包括我，”甄妮娜说，“他们抓不到我。”

宜诺斯笑了。

我们坐在屠宰店废墟的石头上，大家都沉默不语。费迪在抽烟，库柏盯着地上看，这次，他没有什么有趣的话说了。大块头亨里克嘶声大叫，他拿着脱下的鞋子重重地敲打冰冷的地面，然后把鞋子扔掉，继续哭叫。

我说："我看见乌里了。"

没人抬起头看我。

甄妮娜朝地上吐了口唾沫，说："我讨厌你的天使！"

第二天，下起了一阵小雪，冬天里的第一场雪。孩子们都仰面朝天，想用舌头捕捉雪花。

我到孤儿院去看孩子们，科尔扎克医生正在教他们唱歌，看见我来了，他说："米萨，过来，和我们一起唱吧。"我站在孩子们中间唱。唱完歌，我们每人得到一颗卷心菜和一调羹肥肉。我从来没见过科尔扎克医生吃东西。大家都穿着鞋子。我离开后，在飘落的雪花中唱着歌儿走在隔离区的街道上。我看见一个孩子在吃报纸。

一个声音传来："米萨·毕苏斯基！米萨·米格罗姆！"

我认得那个声音，但我不敢相信自己的耳朵，我转过身来，是谢普赛尔叔叔。自从犹太人被遣送到隔离区的那天起，除了出来列队之外，我就没有看见谢普赛尔叔叔走出过房间。他微笑着，向世界展示着他棕褐色的牙齿。他的手放在我肩膀上，说："米萨……米萨……今天天气不错啊，是吗？"

我四周看看，今天和往常一样啊，阴沉沉的，街头有一个人在用头撞墙。

但我一直都是个顺从人意的人，我说："是啊。"

"是啊……是啊……"他看了看四周，闭上眼睛，深吸了一口气，站了一会儿。街头的那个人头已经变成红色了，他还在不停地撞着墙。谢普赛尔叔叔睁开眼，低头对着我笑。近来，我在房间里也能看见他这样的笑容，那是他在看那本教他怎么从犹太人变成路德教徒的书的时候。他摘下我的帽子，揉了揉我的头发，虱子蛋像小雪花一样从我头上飞出来，他给我戴回帽子，做梦似的点点头。突然，他表情变了，很迷惑的样子，仔细盯着我的脸，好像不认识我似的，说："你也出去了，你每天晚上都出去。你为什么能回来？"我没有回答，但可能他从我脸上找到了答案，因为不一会儿他就转身走开了。街头的那个人现在已经倒在地上了。

我拖着脚步回到房里，米格罗姆太太像往常一样躺在床垫上，对着墙，看起来毫无异常，但很快我就知道她还是死了，米格罗姆先生坐在床垫边缘，甄妮娜坐在他的膝盖上，脸埋在他的胸膛里哭。她父亲来回轻拍着她的背部，看见我，他双眼湿润。

自从米格罗姆先生接纳我为家庭成员起，我就想叫米格罗姆太太"妈妈"，我叫过一次，但她回答说："我不是你妈妈。"我感到很迷惑。我再次想叫她的时候，她已经转身到房里找吃的了，而现在她却死了，米格罗姆先生的眼神让我难过。像科尔扎克医生经常对我做的那样，我把手放在米格罗姆先生的肩膀上，看着他湿润的眼睛，叫："爸爸。"他把我拉到膝盖上，坐在甄妮娜旁边，同样来回在我身上轻轻拍打，我想和妹妹那样哭，但我又生怕错过了从米格罗姆太太身上出来的天使。

我们陪着米格罗姆太太的尸体坐了一夜——除了谢普赛尔叔叔，他一回房就去睡觉了。第二天一早，米格罗姆先生就出去了，带着个殡仪员回来。他给那个殡仪员一小瓶白色的药片，他说他一直留着这些药片，就是为了今天用。他伸手到床垫下方，拉出一小块黑色的碗状布料。我不知道这是干什么用的，只见他把布料放在头上，原来是顶帽子。

殡仪员和他带来的两个助手把米格罗姆太太抬到院子里，有辆马车在那儿等着。他们把米格罗姆太太平放到马车上，盖上一块破损的卷心菜颜色的小羊毛料子，那是一块旧毛毯。

殡仪员走在前面，出了院子。他的助手拉着马车跟着，我们三个人跟在最后面，谢普赛尔叔叔待在房间里没有动。

这是世上最小的游行队伍了。一路上到处都是尸体，我很惊讶，我们居然没有捡些尸体上来，但同时我也很高兴，因为我不想看到米格罗姆太太最后沦落到被压在尸体堆的底部。

我从来没有像这次一样走得这么慢——就算我不是在逃跑，我也会奔跑，或者至少快走，我做什么事情都是一个字：快。——我迫使自己将就着米格罗姆先生和甄妮娜的步调，他拉着我的手，我不停地提醒自己：我死去的妈妈在马车上，我不能走得比她快。

我们经过孤儿院，科尔扎克医生站在门口，双手交叉，两眼紧闭，嘴里念着什么。我听不见他说的话，但在冬天寒冷的空气中，我能看见这些话从他嘴里喷出来。

很多妇女从相反方向和我们相错而过，她们都穿着外套，戴着狐狸或者其他动物皮毛的围巾，表情难过，有几个还在哭。她们接到命令，要把所有的皮衣都上缴到斯多基车站。

在街上，一个男人经过我们往前走去，他没穿衬衫，也没有外套，脚上没有鞋子，也没有裹着什么布料。他用嘴吹着一根银白色的笛子，发出啾啾的声音，他在空中挥了挥笛子，大声叫：“孩子们！孩子们！跟我走！我们去糖果山喽！跟着我！跟着我！”

走到杰希尔大街上通往公墓的大门时，米格罗姆先生给门卫一小瓶药片，门卫放我们过去了。殡仪员的助手找来铲子在一小块空地上挖了一个坑，一只乌鸦站在旁边一块倾斜的墓碑上，盯着我。我觉得它像是在和我说话，呀呀地反复在诉说同样的事情，我听不懂。我离开米格罗姆太太，向乌鸦走去，大声喊：“什么？”乌鸦“呀”的一声飞走了。

他们把米格罗姆太太放在墓坑的时候，我脚底感觉到有颗炸弹落在墙的那边。我抬头看，炸弹下雨般从天上落下来，大地震动，似乎猛然间所有死人都决定要离开坟墓似的。殡仪员和他的助手，还有墓地的守卫员都跑了，米格罗姆先生依然站在那儿，出神地看着墓穴。

一颗炸弹在我们这边的墙里几条街外炸开了，随后，更多炸弹扔下来。米格罗姆先生看着我们，说：“孩子们，闭上眼睛。”我们在米格罗姆太太脚下的破碎毛料上互相蜷曲拥抱着，地面震动，像心脏在跳动。我伸出头往外看，看见米格罗姆先生坐在墓穴边上，双腿半悬着对着我们。

甄妮娜从口袋里抽出一样东西，是棵乳草种子，她一定是从巷子里的乳草树上拔下来的，它看起来空空的，甄妮娜朝种子里面吹气，三四朵绒毛在空中升起，它们向上飞，飞出坟墓，飞过米格罗姆先生头顶，飞向灰暗的四角的天空，迎着天空中往下落的炸弹珠子飞去。

33

炸弹停了下来，我们回家，谢普赛尔叔叔在院子里大声喊：“是俄国人！我们得救了！我们得救了！”他手舞足蹈地到街上去了。

谢普赛尔叔叔是唯一手舞足蹈的人。

回到楼上，我们发现我们的房子里有陌生人，随着人们每天被遣送来隔离区，这样的事情到处都在发生着，今天，它落到我们头上了。

甄妮娜厉声说：“这是我们的房子！”大家都盯着她，但没人吭声。米格罗姆先生把他的药箱和桌子推到房间的一边，然后对着那些人说：“床垫给你们了。”

我去找我的伙伴们。宜诺斯站在屠宰店的废墟顶上大笑，其他人抬头盯着他看。

我问：“有啥好玩的事？”

“有啥好玩的事？”他越发笑得大声，“所有事！他们把我们像动物一样赶到这儿，建一扇墙把我们围起来，要把我们饿死，冷死，打死，枪毙我们，绞死我们。他们放火烧我们，接下来，你猜会怎么样？”他伸出手，拍了拍下面的大块头亨里克的头，“你猜会怎样？”

“怎样？”大块头亨里克反问。

宜诺斯又笑了起来：“我来告诉你们会发生什么，俄国人来了，他们说‘这样还不够，你们这些纳粹对他们太仁慈了，我们要用炸弹炸他们’，他们是这么说也是这么做的。他们要炸死我们！”他边说边往外甩着手臂。

他看着大伙儿说：“你们不觉得这是最好玩的事情吗？”

没有人笑，包括库柏。

不管好不好玩，炸弹还在继续往下掉，冬天依然很冷，人们都在挨饿。成千上万孤儿穿着破衣服在大街小巷流浪，满身疖子，瘫坐在过道口，乞讨，讨吃的，讨穿的，讨所有的一切。但人们也没有东西可供布施了，他们就饥寒交迫地死在雪地里，冻僵的手臂朝外伸出，还在乞讨。还活着的孩子衣衫褴褛，眼睛暴突。这就是隔离区：在这儿，孩子们求生不得，只有等死。

我几乎不敢相信，曾经有这么一段时间，我和伙伴们能在成堆的食物上面摔跤哩。

一天，甄妮娜和我都听到院子里有喧闹声，我们从窗子里往下看，一个长统靴士兵和他的女朋友站在门口，男的手上有个袋子，他从袋子里抽出一些面包，扔在雪地上，他每扔出一片面包，就有十个以上的人猛扑过去，那士兵和他女朋友大笑，他们叫其他情侣过来看，和他们一起笑。我注意到有个长统靴士兵的女朋友没有笑。

如果虱子可以吃就好了！每天早上我们醒来，眼睫毛上都粘着虱子。当我们用拇指和手指甲掐它们的时候，它们会发出啪啪的声音，喷射出红色的液体。

每天，那个拿着银白色笛子的人都游走在大街上，“去糖果山喽”！有一次，我看见他飞快地朝前走，一个男孩步履蹒跚地跟在后面。

因为房间里有了其他人，所以甄妮娜和我再也不能把偷来的食物放在桌子上了。每天晚上我们回来，把食物倒进米格罗姆先生和谢普赛尔叔叔的外套口袋里的时候，他们都在熟睡中呢。

房间里来了七个人，其中有五个是大人，其余两个是一对双胞胎小男孩。那些大人从来不和米格罗姆先生、谢普赛尔叔叔说话，但那对双胞胎看见我和甄妮娜在玩挑棍子游戏，他们就走过来和我们玩。他们很努力地玩，但是他们太小了，老是做不对，甄妮娜笑了。从那开始，夜里甄妮娜会在他们的鼻子旁边留下一片马铃薯或圆葱。

自从俄国人来轰炸之后，食物越发少了。轰炸持续了很长日子，大多数炸弹都落在天堂那边。电车叮叮当当的声音消失了，除了骆驼那光彩夺目的蓝色线条外，五彩缤纷的色调也消失了。

我们每天晚上都会出去偷东西。从头到尾，甄妮娜都远远地跟在我后面，有时我一个急转身想瞅瞅她，但只看到一片黑暗——这是她在和我玩游戏呢。

后来，我们有了个意外的节日。

一天晚上，我正在墙缝旁边，忽然听见声响，循声看过去，地上有东西，我捡了起来，是棵卷心菜，一棵结实完好的卷心菜。突然，更多东西掉到我脚边，是香肠和马铃薯。这时候，甄妮娜和我在一起了，我们把食物拢起来。

我惊讶地说："有人把食物扔过墙来。"

我们站在那儿，抬头看，但没有东西掉下来了。我们拿着食物往家跑，咯咯地笑了一路。

第二天晚上，食物再次飞过墙来，这时我们已经做好准备了。这样的事情夜复一夜地发生。沙丁鱼，青鱼罐头，水果和各种口味的蛋糕……看着米格罗姆先生和谢普赛尔叔叔那惊讶的表情，我们无比开心。

后来，十分突然，不再有飞来的食物了，我们又得靠自己了。

我们总会在墙的另一边见面，她如果在找食物的时候没有看见我，就会在那个两块砖宽的墙缝那等我。从发现奥莱科的那天晚上起，我们就总是一起穿过墙回来，我打头阵，她跟着。

突然有一天晚上，我发现自己的身材已经不能穿过墙缝了。

我先脱掉外套，把外套塞过墙缝，我还是不能过去。我慌了，脱掉裤子，死命往墙缝里挤，终于挤了过去。我伸手穿过墙缝拿回裤子穿上，甄妮娜大笑，笑得很厉害，卷心菜都滚到了地上。

第二天，我在屠宰店烧焦的石块堆里找到一根结实的骨头，我把骨头递给大块头亨里克，对他说："打我。"

大块头亨里克莫名其妙，我知道他不会明白的。

我对宜诺斯说："我长得太大了。"我躺在地上，朝大块头亨里克举起脚底，告诉他："打我的脚，我不想再长了。"

宜诺斯笑了，"打他，如果你不打，让我来。"

大块头亨里克一个猛击，我在冰冻的地面上滑行起来，像雪橇在冰面上一样。大家都笑了。宜诺斯推我的肩膀，让我一直滑个不停，他叫大块头亨里克继续打。

大块头亨里克不停地打我的脚底，突然，我听到母牛的叫声，我们大家都听见了。我简直不敢相信。一直以来，我都时时留心着在找母牛，我是多么想讨科尔扎克医生的欢心啊。而现在，母牛就在眼前了，就像巡警的哨声一样可以清晰地听见。但它似乎叫得有点异常。

它在附近，我们跑到街上，来到一个院子里，母牛就在那儿，它飞奔过一个阳台，那是一头燃烧的、暴躁的母牛，它咆哮着，身后一个长统靴士兵在大笑，放火器吐出了更大的火焰，直到母牛跃身跳过围栏在空中奔腾，摇摆的火焰像一双翅膀落到地面上。

有个人穿过院子跑到燃烧着的母牛旁边，不久，母牛身边就聚起了一群人。

34

米格罗姆先生说："今年你和我们一起庆祝吧。"

他说的是一个叫光明节[1]的节日，"光明节"是我学会的第一个犹太词，他前一年就想让我参加他们的庆祝了，不过米格罗姆太太不同意，她在床垫上呻吟着，说："不行。他不是犹太人，我也不是他妈妈。"米格罗姆先生说："她已经神志不清了。"不过，他们仍然没有同意我和他们一起庆祝。那八个晚上，我只好静静地坐在角落里看。

现在又到了光明节的时候了，米格罗姆太太已经去世，谢普赛尔

1　译者注：光明节，犹太圣节，从犹太历三月的第二十五天开始持续八天。

已经变成路德教徒，他走到外面去了，而我却加了进来。在光明节的第一天，米格罗姆先生和我说了光明节的故事：很久以前希腊人想消灭犹太人的一切。（“看吧，这已经不是第一次了。”）犹太人的人数远多于希腊人，但在希腊人面前却没有丝毫机会，不过他们还是想尽办法打击希腊人。犹太人点着油灯庆祝，但是庆祝活动得很快结束，因为油只够用一天，后来奇迹出现了，油居然燃烧了八天。

“所以，为了纪念那次活动，以后的光明节都持续八天，我们要永远快乐，为自己是犹太人而骄傲，我们会生生不息永远存活下去。这是我们的时代，我们要为自己庆祝，我们必须快乐，必须永远不要忘了怎么变得快乐。永远不要忘记。”

“快乐”，自从米格罗姆先生去年光明节说过这个词之后，我再也没有听到过了。我问了他一个问题，打去年起这个问题就一直在我脑子里：“爸爸，什么是快乐？”

他看看我，又看看天花板，然后又回头看我，“你有没有吃过橘子？”

我说：“没有，不过我听说过。真的有橘子这种东西吗？”

“没关系，”他又盯着我看了一会儿，“你有没有——”话没说完，他停下来，摇头。

他又注视了我一会儿，说：“你有过从冷变暖的经历吗？”

我想起以前和伙伴们睡在编织毯下面，开始很冷，渐渐变暖和了，我脱口而出：“有！那就是快乐吗？”

他微笑着说：“那就是快乐。”

我仿佛又感觉到大伙儿拥抱在毯子下的温暖了，有时我会伸出鼻子去更好地感受身体其余部分的温暖。我说：“原来快乐在地毯下面。”

“不是，”他拍着我的胸脯说，“快乐在这儿呢。”他又拍拍自己的胸脯，“在这儿。”

我眼光扫过下巴往下看：“在里面？”

“在里面。”

那里面很拥挤啊，先是有天使，现在又加了快乐，看来我体内除了卷心菜和萝卜之外，还有很多东西。

我低头看着坐在地板上的甄妮娜，她一张苦瓜脸，自从看见燃烧的母牛，她就再也没有笑过了。我说：“甄妮娜没有快乐。”

他捏了捏我的肩膀，有点伤心地说：“是的。”

米格罗姆先生从药箱里拿出银白色的烛台，烛台上有八根蜡烛，他点亮一根。那对双胞胎兄弟过来盯着蜡烛火焰看，其他新来的人待在房间里他们的位置上不动。

米格罗姆先生对着蜡烛火光念祈祷词的时候，枪声在大街上回荡，他呼出的气雾在火光的映衬下呈现微黄的色彩。接着，他唱起了歌儿，他叫甄妮娜跟着一起唱，甄妮娜只咕哝了一两句就不唱了。后来他拉着甄妮娜和我，还有那对双胞胎兄弟，让我们跪下，叫我们互相手挽手绕着圈跳舞，米格罗姆先生唱着歌，烛光在摇动。黑暗中传来人尖叫的声音。

米格罗姆先生脸上一直挂着笑容，我努力模仿他的微笑，甄妮娜肩膀松垮，拖曳着鞋子在地板上滑动。

不知道孤儿们是否也围成圈在跳舞呢？

米格罗姆先生从他的口袋里掏出个东西，接着又掏出一个，都是用报纸裹着的，给了甄妮娜一个，另一个给我。我把我的那个拆开，是个梳子，我喜出望外。我想起理发店里装满了梳子的罐子，想起乌里给我梳头发，现在，我居然拥有自己的梳子了！

我甩开帽子，把梳子像铁铲一样斜插进头发里，梳子被卡住了，我用力拉，还是拉不动。我扔下梳子，用手指撕开蓬乱的头发，再试着用梳子梳，使出全身力气，终于能把梳子拉过我的头发了，我能感觉到虱子和虱子卵在我脖颈后跳动，听见它们滴答滴答落在地上。

在烛光的照耀下，我不停地梳啊梳啊梳啊，而第二天我才发现甄妮娜的礼物还在报纸里包得好好的呢。

我说："你没想着要打开它吗？"

她撅着嘴说："不想。"

我帮她打开了，是个跟我的一模一样的梳子，我把梳子递给她。她把它扔到地上，我捡起来，梳着她那头褐色的鬈发。"看到了吗？"我说，"是不是感觉很舒服？比用手抓虱子好多了。"

她没有回答我，也没有笑，也没有阻止我给她梳头。

在光明节的第二天，米格罗姆先生去找那个银白色的烛台时，发现不见了。米格罗姆先生觉得很奇怪，但是我不觉得奇怪，在我的观念世界里，物品存在的意义就是被偷。房间里有其他人在，我们都知道是谁偷的，也知道为什么。如果你知道找谁交易，物品就可以变成钱，钱也可以变成食物。

米格罗姆先生没有指责谁，他只是看着窗外，用房间里的每个人都能听得见的声音说："犹太人居然偷犹太人的东西，多可耻啊！"

他找到一个蜡烛头，用火柴点燃了蜡烛芯，看着甄妮娜和我，说："你们谁想做圣台？"圣台就是光明节时用的分枝烛台。

我说：“我想！”

他把蜡烛给我，还用报纸给蜡烛做了个领子，那样滚烫的蜡油就不会滴到我手上了。我立正站着，伸出手臂，尽量模仿分枝烛台的样子。米格罗姆先生又在向蜡烛念祈祷词，然后唱歌，我问他我能不能唱从科尔扎克医生的孤儿院那学到的歌，在烛光的照射下，他的双眼闪着亮光，他说：“可以！可以！”于是，我变成了一个会唱歌的烛台，唱起自己的歌来，米格罗姆先生和那对双胞胎笑着绕着圈跳舞。甄妮娜却不肯从地板上起来。

光明节就这样一天天过去了，蜡烛烧光后，米格罗姆先生划亮一根火柴，他说也许火柴能像故事里的油一样燃烧八天呢。但他话还没说完，火柴就熄灭了。“既然如此，我们只好自己当蜡烛火焰了，”他把手放在胸前说，“感受一下你们自己心脏的温度。”我照着做了，我能感觉到心在变暖，在绕着圈跳舞的时候，我能感觉到胸中的火焰。

我每天晚上都出去找食物，但甄妮娜都待在家里，没离开过房间，也不说话，甚至已经停止抱怨了。我每天都给她梳几个小时的头，但却不能在她脸上梳出个笑容来，渐渐地我也失去了自己的快乐。

突然，我有了个主意！

甄妮娜不喜欢梳子，但我知道她肯定非常喜欢一样东西。几乎每次吃东西的时候，我都听见她嘀咕着：“我好想吃腌蛋啊。”我听说过腌青鱼，但从没听说过腌蛋。我心想：我要找到一个鸡蛋和一棵腌菜。

光明节只剩最后一天了。那晚我穿过墙去，脑子里一片空白，我记不得以前在找东西偷的时候是不是看见过鸡蛋了，不过那时我也没有专门在找鸡蛋。我知道蛋是放在温凉的地方的，所以我去冰柜和地下室里找，我去了我知道的所有最好的房子，包括蓝骆驼旅馆，但一个鸡蛋都没找到。

至于腌菜，我则希望能找到肥大多汁的，就像乌里先前吃的那种，但我最终不过是在某个人家的食品室里找到一罐腌菜茎而已。这天晚上我轻装上阵，所以我只从罐子里掏出几根菜茎，放到口袋里。现在，我只缺一个鸡蛋了。

天空下起了雪。我隐藏在小巷里，轻轻摇着陌生的房门和窗子，尝试着看有没有地方可以进去。俄国人来轰炸之后，废墟增加了很多，天堂的一大半看起来和隔离区没什么两样。终于，我找到一颗蛋了，不是在大房子里，而是在一个鞋匠的店里，也不在冰柜里，而是躺在工作台的一块碎皮革上。我知道蛋是十分容易碎的，我用手捧着蛋。我几乎已经能听见甄妮娜开心的尖叫声了。

回来的路上，我走在街上，突然听见一阵哨声，我对此无动于衷。长统靴士兵在追着一个人，哨声越来越响。接着一个声音大声叫喊：“犹太人！犹太人！”我很迷惑，以前从来没有人在这儿把我拦下的，我赶紧跑。接着又是一个大声叫喊的声音。雪花扑在我脸上，我握着鸡蛋，手指不敢抓紧。

我不能沿直线跑，因为经过轰炸之后，地上有很多弹坑，而且我还不能把别人带到墙缝那边去。我飞奔进一个巷子里，躲进阴暗中，深深隐藏在废墟堆中，蜷缩着，喘着气，强忍着寒冷，用嘴唇轻吻着鸡蛋。叫喊声、口哨声渐渐消退了。我等了很久，帽子和衣领都堆满了雪，口袋里的腌菜散发出阵阵味道，我用呼吸温暖着那颗蛋。

我艰难地走向那个两块砖宽的墙缝的时候，天色渐渐从黑暗变成灰白了。我把手伸过墙缝，把鸡蛋放在雪地上，扭动着身子穿过墙缝。最近，我又可以顺利穿过墙缝了，大块头亨里克的敲打看来还是起了作用的。

回到隔离区这边的时候，我才意识到为什么那些长统靴士兵一直在追我了，我居然忘了脱掉臂章了！我在向华沙城所有的人宣布：看！我是个犹太人！从隔离区里逃出来的！他们没有早点发现我，这已经是个奇迹了。

黑暗，我的朋友，它正在离去。我得快点了，我跑了起来，闪过一个角落，被一个半蹲在雪地里的尸体绊倒，四肢张开摔到人行道上。蛋从我手上飞了出去，开始我还庆幸有雪堆垫着，但我捡起蛋，在微弱的光线下发现蛋壳裂了。我顿时心碎了：经过这么多危险，就换来这么个结果。

接着我发现它不过只是裂了，但没有破开，没有黄色的液体流到雪上。我不明白，鸡蛋裂了，但却没有破，真是个奇迹！

我绕过一具具尸体，在剩下的路途上奔跑。我回到家的时候，米格罗姆先生已经醒了，甄妮娜还在睡，我给他看了看鸡蛋和腌菜，小声说："给甄妮娜的。快乐。"

他看了看鸡蛋和腌菜茎，但更长时间地看着我。

我说："看这颗鸡蛋，它居然没有破，是不是奇迹？"

他仔细看了看鸡蛋，拿到耳边摇了摇，点头说："不是，真正的奇迹是你，这颗蛋是煮熟了的，它不会破的。"

煮熟的蛋，这对我而言是件新奇的事儿。希望甄妮娜能喜欢它。

那天晚上我把蛋给了她，她的眼睛睁得跟鸟蛋一样大，她剥开蛋壳，把整颗蛋都挤到嘴里，闭上眼睛，尽量不在吃的时候弄出声音来。

“等一下，”我说，“还有腌菜。”我拿出腌菜，“腌蛋。”

她挥手把腌菜挡开，细嚼着嘴里黏黏糊糊的东西，说：“腌蛋是紫色的。”那对双胞胎兄弟在出神地看，他们的牙齿随着甄妮娜的牙齿上下嚼动而嚼动。

吃完蛋后，她抱着他父亲说：“谢谢你！”

“谢谢米萨，”他说，“这是他的主意，他在墙的那边找回来的。”

她抱了抱我，我很惊讶，她居然这么有劲儿。

谢普赛尔叔叔回来了，现在，他只有吃和睡的时候才回房间，他坚信和犹太人在一起的时间越短，他就越像个路德教徒。但就算是路德教徒也会饿的，他走过房门，嗅了嗅空气，说：“腌菜。”

让我感到惊讶的是，米格罗姆先生从口袋里拿出一根腌菜茎递给谢普赛尔叔叔。

我很久没睡觉了，我躺下睡了。

我感觉到有个梳子在我的头发里不停地梳……不停地梳……

第二部　隔离区和天堂

35. 春　天

“那是什么？”甄妮娜说着，走到窗子边。那对双胞胎兄弟跑在她后面。

我们在房间里。现在是白天，窗子外面很嘈杂，我和其他人一起朝窗外看。

孩子们在下面的院子里唱歌——他们的声音听起来不像孩子的声音，倒像是乌鸦。当他们发现我们在上面看他们的时候，他们都仰着脸对着我们。他们衣衫褴褛，眼睛暴突。

我问：“他们在唱什么？”

米格罗姆先生的声音从我肩膀传来：“他们饿了，他们唱歌乞食。”

“我们没有吃的了。”我说。

我说的是真的。每天晚上，甄妮娜和我从天堂那边回来的时候——她现在又和我一起出去了——我们往科尔扎克医生的孤儿院窗子里扔些食物，其余的就带回家，一下子就吃光了。

米格罗姆先生说：“孩子们，别在窗子那看了，走开吧。”

院子里的歌声持续了一会儿，然后就消失了。

苍蝇一直在唱歌。天气暖和了，尸体依然冰冷，苍蝇不停地嗡嗡，吮吸着孩子们的眼睛和疥疮。没人从报纸下面的尸体上拿什么东西了，因为上面既没有衣服，也没有鞋子，只剩一些烂布。我相信天使正潜伏在活人的眼睛后面，等待着。天使和乌鸦交替而来，一个走了，另一个就会来。

每天都有一排装着尸体的马车聚集在杰希尔大街通往公墓的大门口。

偷东西的人像干瘪的水果那样被吊死在路灯柱子上，脖子上挂着牌子。

那个拿着笛子的人在街上四处游走，吹着银白色的长笛，大声叫嚷：“跟我去糖果山喽！”

星期天，长统靴士兵和他们的女朋友捏着鼻子照相，给我们这帮鸽子施舍点面包。其中一个士兵鼻子上夹着个晒衣夹，他的这个装扮把其他人都逗乐了。

食物越来越难找了，就连在天堂那边也是如此。有时我能找到的只是发霉的面包，有时垃圾桶里除了桶底的几滴油之外什么都没有了。我没有容器，所以我就用双手掬起油滴回去，其他人就吃我手上的油。

就算有偷来的食物吃，甄妮娜也还是越来越瘦了，脸庞变得跟狐狸的一样尖细，身体的其余部分都在缩小，眼睛却越来越大了。

从其他方面看，甄妮娜又表现得像是她老年的样子了，唠唠叨叨，抱怨不停，无论我去到那里，无论我做什么，她都像个影子一样跟着我，她让我觉得很不自在。以前是非常自然去做的事情，现在我都变得犹犹豫豫了，我不再惹布冯的麻烦，希望能让甄妮娜也不再这样，但是却没有用。实际上，她做得更过分了，她成了每个被她看见的巡警鼻子上的蚊虫，她叫他们的名字，朝他们扔石头，她悄悄跟在他们后面，用金属管重重地打他们膝盖的背部。

我打她，骂她，但都不能改变她。我搞不明白她在想什么，她为什么会这么愤怒，我几乎全盘接受了我面前的这个世界，但她不。她反击我，踢我。最终我找到了自己的一套对付她的办法了：很多日子里，我走到一个我最喜欢的炸弹坑边，跳下去，在里面舔手指之间的油迹。我闭着眼睛，回想以往的美好时光，那时，女士们从面包店里出来，都拿着装着面包的胀鼓鼓袋子。

36

刚才我还在独自走着——我正在前往那个弹坑的路上——而一转眼，我发现有人在我旁边。我大叫：“乌里！”他已经很久没有出现了，我过去抱他，他把我推开。

“闭嘴，用心听我说。”他边说边捶着我的头，“你在听吗？”

我说：“在听。”

他说：“快点离开。”

“离开？”

他戴着个和我一样的蓝白臂章。

“我不想再重复我的话，离！开！”

我迷惑不解："离开哪里？"

"离开隔离区，离开华沙，离开所有地方。出去，离开，永远不要回头。"

乌里脸上没有疤，也没有疖子，他穿着衣服，鞋子。

一个眼睛深陷、裹着破布，骨瘦如柴的人出现在我们面前。我分辨不出那是男的还是女的，它伸出手，乌里从口袋里掏出一颗肥大的腌菜，咬下一块，从嘴里把那块腌菜拿出来放到那具骨骸伸出的手上。我们继续往前走。

我问："为什么？"

他说："流放，他们马上就要动手了，他们要清理隔离区。"

"流放——？"

"流放。他们要处理掉你们了，用火车把你们带走。"

这对我似乎是个好消息，我问："去哪里？俄国？还是美国华盛顿？"

他手指弯曲，放在我的脖子上，捏紧，说："我不知道。你也不用知道。无论如何，千万不要上火车，火车来的时候不要在这里出现。快走。离开。跑，不要停下来。"他看看天空，"永远不要停。"

我和他一起看天空，但天上什么也没有。

他盯着我说："我从来没问过你——你是怎么能到另一边去的？"

我告诉他那个两块砖宽的墙缝的事。

他摇摇头，几乎是龇着牙说："小浑蛋，我就知道你有时候是很行的。"

我兴奋地说："还记得我在蓝骆驼旅馆看见你吗？"

他用指关节在我额头上敲了敲，说：“你哪儿也没看见过我，听到了吗？你从来没有看见过我，你不认识我。明白吗？”他又用关节敲了敲我。

我点点头，但我不明白。

他说：“我要走了，给你。”他把剩下的腌菜都给我了，他退了几步，盯着我上下看了看，摇摇头，表情难过地说：“比以前黑了。”他往手里吐了口唾沫，用手指擦我的脸颊。他把手伸进石头废墟里，摸出一把白色的灰尘，说：“离开之前，找些水洗洗脸。看见这个了吗？用它来抹脸，擦手。”他用灰尘洗我的手，我的手变得比他的还白了。“看到了吧？离开之前”——他指着我的臂章——“脱掉那个东西。”他抓着我的头发，摇我的头，直把我摇得头晕目眩。“不要看任何人。不管发生什么事情，不要停下来。你不是犹太人，你不是吉卜赛人，你什么也不是。”他拍拍我的脸，“说。”

“我什么也不是。”

他让我走了。他的红头发剪得很短，像是淡淡的铁锈微微露出帽子边缘，他退步往后，转身走了。突然又回来，捏着我的脖子说：“除了我们的同伴，不要告诉其他人。”他看看四周，“他们怎么样了？还好吗？”

我说：“奥莱科出事了，他被吊死了，脖子上还挂着个牌子。他们像我一样去偷东西，但他们个头大，不是从墙缝过去的。”乌里一直盯着我。

乌里抬头看着天空好一会儿，然后闭上眼睛。后来又看着我，伸手进口袋拿出样东西给我，说了声“给”就走了，朝美好的前程走去。

是一块糖果，巧克力的外衣已经熔化了，我把它吃了，是榛子奶油乳酪！

我径直走去屠宰店废墟找我的同伴们，我告诉他们我看见乌里了，“他叫我们马上走。”

库柏笑了：“走，走去哪里？”

我说：“离开隔离区。离开这里所有地方。跑，不停地跑。”

库柏和费迪笑了，宜诺斯却没有，他问：“为什么？”

“流放。”

大伙儿面面相觑。

费迪问：“那是什么意思？”

宜诺斯说：“我不知道。”但我能看出他知道。

大块头亨里克用低沉的隆隆的声音说：“跑！”

我把腌菜留下来给家人。在他们嚼菜片的时候，我说：“我们得离开了。”我小声说，以防屋子里新来的人听到。

谢普赛尔叔叔说：“你说什么？”

“乌里说火车会来把我们带走，他说我们得赶紧跑。”

米格罗姆先生问：“乌里是谁？”

“他是我朋友。”

“你朋友是笨蛋。”谢普赛尔叔叔说，“他们为什么要带你去别的地方？他们已经让你像猪一样待在猪圈里了，他们还能让你怎么样？我说的是‘你’”——他指着我们每一个人说——“因为我已经和你们划清界限了。”他舔了舔嘴唇上的腌菜汁，“大家都知道，我是路德教徒，我什么都不怕，我只是担心你”——他用书戳着米格罗姆先生的脸——“你庆祝光明节，你冥顽不灵。就是你！”

甄妮娜拉着她父亲的衣袖说：“爸爸，我想坐火车离开这儿。”

米格罗姆先生拍拍她的手，说：“谢普赛尔叔叔说得对，不会有火车来的。他们不能再把我们怎么样了。”

37. 夏　天

甄妮娜是第一个听到火车来的，那时我刚扭着身子钻过墙缝回到隔离区，口袋里装满了腐烂的卷心菜块。

“那是什么？”她说。

我们静静地听。

黑暗中，微弱的金属撞击发出的咣咣声和刹车的声音从远处传来。

我说：“我不知道。”

她大叫：“是火车！”

她跑了起来，跑得忘乎所以，沿着大街中间跑下去，忘了我们应该藏在阴暗中。圆葱从她口袋里蹦出来。我跟着她跑，咣咣声和刹车的声音越来越响亮。

“甄妮娜！站住！”我想大声喊，又不能让别人听见。太阳下山了，又到了宵禁时间，夜晚对所有人而言都是危险的，不仅仅是对小偷而已。

我抓住她了。抓着她的手臂，她要踢我，我想打她，又怕松手让她跑了。“他们会枪毙你的，傻妞。”我觉察到她的肩膀委顿下来了，她松懈了，放弃了，我松开手。她突然转过身，踮起脚尖用额头猛的撞我鼻子。我嚎叫不已，眼泪从双眼飞出来。等我眼睛恢复正常的时候，她已经不见了。

“好，”我低声自语，“傻妞！”我扔出一块石头，尽力喊着：“傻妞！”

我想回家，想坐在阴暗处等她回来，但最后却还是在夜色中朝着声音传来的方向走去。声音从斯多基车站传来，火车站就在隔离墙另一侧的边上。

我早就发现，除了那个我每晚都钻的两块砖宽的墙缝之外，隔离墙上还有其他缝隙，斯多基大街入口旁边就有一个。我挤过墙缝，发现又到隔离墙外了。我看到了不止一列火车，而是很多很多。林立的柱子上悬挂着照明灯，放射出粗厚而泛黄的光线。火车头怒吼着，鸣着汽笛，铁轮子里不断往外喷着蒸汽。阴暗处不时闪现出长统靴士兵和军犬。

乌里说的是真的。

我看见甄妮娜坐在一根倒塌的烟囱上，我不由自主地爬上去坐在她旁边。

我们看见一列火车开过来，和其他的火车排列成队。

她视线不离火车，“它们要去哪儿？它们要把我们带到哪里去？”

我说：“你不用知道。”

“你知道吗？”

我撒了个谎，推了推她说：“知道。但我不告诉你。”。

我们又看见更多火车驶来。

她说：“我知道它们要去哪了。”

我问：“哪里？”

她点点头，就像他父亲要说重要的事情之前所做的那样，说：“它们要去糖果山。”

第二天，我们都没提火车的事，我们没必要提，因为所有住在隔离区里的人都知道了。相关言论像苍蝇一样嗡嗡，在空气中传播。

“火车……”

“流放……”

“斯多基车站……”

“为什么……”

“哪里……”

谢普赛尔叔叔越来越激愤了。他朝新来的人摇晃着他的书，激昂地对楼梯里的人演说，在窗子里冲下面院子大声喊：“犹太人！忏悔吧！现在还不晚！跟着我！拯救自己！”

宜诺斯在屠宰店废墟上不停地笑，他站在一堆砖块上，挥舞着手臂，大声呼号：“他们动手了！他们真的动手了！”

拿着笛子的人在街上奔走。

孤儿院开着的窗子里传来了歌声。

所有眼睛和耳朵都关注着斯多基车站，连晨曦中的死尸似乎都在聆听。

我们第一次看见火车那天的两个晚上之后，我们从天堂的垃圾桶那里回来，听到一片喧闹声：枪声，哨子声，尖叫声，狗吠声。我们来到两块砖宽的墙缝处，两人的头挤在一起，每人用一只眼朝墙缝里瞧过去：一群群人走过，沿着街道中央走去，人人都带着手提箱，我的第一个愚蠢的想法是——这是个游行！后来我看见长统靴士兵用来复枪戳着前进的人们，军犬哈着气穿梭着。人们走得很慢，似乎不是在走路，而是拖着脚划过街面。看起来他们不像是要去糖果山，我想他们也永远不会经过糖果山吧。

第二天，街上空无一人。

楼梯里、院子里到处都流传着这样的说法："有指标的，火车每天必须带五千个犹太人走。"

有声音说："是一万个。"

有声音说："一直持续到……"

接着有人说："重新安置。"

他是什么意思？重新安置？重新安置什么？

那个人说："我们这儿人太多了，他们厌恶我们，要把我们踢开。他们要把我们送到东边去，重新安置。我们将有自己的村子，只有犹太人的村子。"

"重新安置"这个词代替了"流放"。

谢普赛尔叔叔说："不过，最重要的还是不要做犹太人。"

长统靴士兵日夜把守着，吹着哨子，一次一个街区，一条街道。

斯里斯卡大街。

潘斯卡大街。

特沃达大街。

每天每夜，缓慢阴沉的游行队伍都慢吞吞地朝斯多基大街走去。

楼梯里的人嘟哝着：“重新安置……重新安置……”

“我们要自由了！”

“我要继续开修鞋店！”

“我们很快就有吃的了！”

人们互相盯着对方的眼睛，点着头说：“是啊……是啊……”不过，他们并没有出去，除了拿着笛子的那个人外，街上依旧空空如也。

有时甄妮娜和我晚上从楼梯里的人群中爬下来的时候，有个声音会说：“别走，不然你们会错过重新安置的机会的。”

锡格隆纳大街。

克罗德纳大街。

一天，米格罗姆先生和我说：“跟紧甄妮娜，不管你去哪里，每分每秒，不管白天还是黑夜。”他的手在我肩膀上。

我很震惊，不是对他知道甄妮娜和我晚上一同出去这件事儿震惊，而是他居然允许甄妮娜这么做了。

不过有件事米格罗姆先生还不知道：他女儿是多么的喜欢那些火车啊！每天晚上，我们从墙缝爬回隔离区后，她会跑回院子里，把食物倒下来放在一个门廊那，晚些时候再过来取，然后就跑到斯多基大街入口处附近的墙缝，挤过墙到另一边去。我紧记米格罗姆先生的话，我别无选择，只好跟着她去了。

我们每天晚上都这样，站在倒下来的烟囱尽头，看着火车来来往往。游行的人们爬上车厢。刹车的声音，军犬牙齿撞击的声音，火车头像濒死的犹太人那样在咳嗽……

白天，我会去屠宰店废墟那儿。我发现伙伴们一个个消失。“费迪呢？”我问，“库柏呢？”没人回答。难道他们听了乌里的建议跑掉了？他们是在墙的另一边逃跑吗？还是脖子上挂着告示牌子，被吊死在灯柱上了？他们是在下水道里吗？布冯有没有找到他们？

费迪。

库柏。

宜诺斯。

一个接一个。

终于，连大块头亨里克也笨拙地跟在拿着笛子的人身后走了，我看见长统靴士兵用枪指着他们。

再也没有人来照相了。

整日整夜看到的只有列队前行的人。

一天，我正在乳草所在的那个小巷子里打瞌睡，甄妮娜过来，大声叫：“米萨！……米萨！”她拉起我的手，把我拉到街上。孤儿们正走过去，他们在列队前进，高昂着头，唱着我也学过的那首歌，我跟着他们一起唱。大家脚上都不裹破布了，人人都穿着鞋子。科尔扎克医生在前面领队，他戴着顶帽子，帽子上有根红色羽毛，他的步伐跟长统靴士兵的一样直。我们站在那儿，直到看不见他们，听不见他们为止。

莱贝尔塔大街。

瓦洛瓦大街。

杰希尔大街。

38

后来，一位老人出现了。

很奇怪，他开始并不在那儿，突然间却出现了，脚上甚至连破布都没有，睁着一只奶白色的眼睛，从来没见眨过。

“我回来了，”他说，我们都在院子里围着他聚集过来，“我来这告诉你们，我是逃跑出来的，我搞明白了，根本就没有重新安置这回事儿。”

有人大声说：“当然没有什么重新安置啦，我们是去东边的村庄里，他们正等着我们呢。”

那老人又说了一遍：“根本就没有重新安置这回事儿，这都只是谎言而已。”

另一个人大叫：“说谎的是你！”

另外有个人挥舞着一张纸片，大声说：“看！这是我兄弟给我寄来的明信片，他说他在那儿很好，我念给你们听，‘我们很好，我们在新村子过得很开心，希望能早日见到你’。”

那老人说：“胡扯。这是他们耍的诡计，你兄弟已经死了。”他说话的声音不大，我们得绷紧神经才能听到，从他的神情和声音来看，他似乎很想睡觉。

一声尖叫传来。

许多人突然一齐向那位老人叫嚷。

“滚！”

“滚！”

那位老人还在继续说着什么，等到喊叫声渐渐消失之后，我们才听清他说的话：“……栅栏围起来，用电椅电死……监狱牢房……火炉……从来没停过……骨灰像雪花一样撒下来……”

一片安静。

有人说：“火炉？他们要烤馅饼给我们吃吗？”

一阵笑声。

“要火炉做什么？”另一个声音传来。

那老人抬起头，奶白色的眼睛转向那个说话的人，说：“用来烧你。”

又是一片寂静，接着爆发出更大的笑声和辱骂声。

“你疯了，老头儿！”

“我们都收到明信片了！”

老人摇摇晃晃要倒下，我斜着身子顶着他的屁股，把他撑住，我听见他在我上头发出的粗糙的呼吸声，人们都等着他再说些什么，但他却转身走了。

一个声音大呼，是谢普赛尔叔叔的声音：“犹太人！忏悔吧！现在还不迟！”

那位老人在院子里说话的第二天，米格罗姆先生在房间的某个角落里小声跟我说：“今晚甄妮娜和你出去后，我要你们待在隔离墙外边，跑得远远的，别再回来了。带甄妮娜走，抓紧她的手。”

先是乌里叫我走，现在是我父亲。

我告诉他：“甄妮娜想上火车。她想去糖果山。”

米格罗姆先生慢慢闭上了眼睛，和甄妮娜一样，他的双眼也变大了，似乎承载着他的悲伤。他说：“根本就没有糖果山。”

那时我才知道，那位老人在院子里说的都是实话，我也知道为什么米格罗姆先生不阻止甄妮娜出去了：他知道，当人们要排着队上火车去的时候，孩子们离开家可能是更安全的。

他盯着我的眼睛，紧捏着我的前臂，说：“抓住她的手，带她走，逼她走。甩开手臂快跑，一直跑到天亮，白天藏起来，晚上再跑。今晚别再带吃的回来了，别再回来，跑，快跑。”他使劲捏着我的手，似乎如果我不能按他说的去做的话，他就要捏死我似的。

那晚，我们起来要走的时候，米格罗姆先生还醒着。他把我们拥入怀里，抱了很长时间，我想他是哭了，他在我们耳边低声念些我听不懂的话，然后让我们走了。

我们到墙外边之后，我记得米格罗姆先生的话，抓着甄妮娜的手，一开始她没说什么，但当她看见我们并没有在垃圾桶前面停下来的时候，她站住了，问我："我们要去哪儿？"

我说："我不知道，我们走就是了。"

她从我手上挣开手，踏着重重的步子往回走。

我跟在她后面，再次抓住她的手，说："爸爸叫你跟着我走。"

"去哪里？"

"离开这儿。快跑。"

我拉着她跑起来。她把脚后跟甩到人行道，大叫着要踢我。正当我觉得她闹够了要跟我走的时候，她一掌打在我的衬衫上，朝我脚上跺了一脚，我大叫，她跑掉了。

那晚我们没有去看火车。我们带着棕褐色的卷心菜和肥油回到房间里。米格罗姆先生还醒着，他捏着我的手臂，摇着我说："我是怎么和你说的？"黑暗里我看不清他的脸，但他的声音充满愤怒，我想他要打我了，不过后来他又把我们抱在怀里。

这样持续了好几个晚上：米格罗姆先生告诉我——后来是告诉我们俩——不要再回来了，甄妮娜不听，我们每次回来都听到他愤怒的声音，但他从来都没有打我们。

柴门霍夫大街。

米拉大街。

卢贝克大街。

直到有一天晚上，我们回不来了。

39

我们往口袋里塞满了干青鱼，甄妮娜全身散发出盐和鱼的味道。我们来到那个两块砖宽的墙缝旁边的时候看见有灯光和人群，我们藏在阴暗处等着，终于，灯光消失了，人也走了，我们跑到墙缝那，墙缝不见了！只看见一扇完好无损的平坦砖墙。

我们沿着墙匍匐前进，进入斯多基车站。车厢门咣当作响，吞噬着整列整列前来的人。因为渴望回到隔离区，我们来到斯多基车站找那个先前我们钻出去看火车的洞口。但这个洞口也消失了。

我说："肯定还有其他洞口的。"我们一整晚都在没有尽头的隔离墙边的阴暗处躲躲闪闪，避开德国卫兵，寻找回到隔离区的入口。

到处都是卫兵、灯光和平坦的砖墙，就是没有洞口。不时有枪声和尖叫声从隔离区里传出来，甄妮娜变得越来越激愤了，每听到一声枪响，她就往隔离墙上踢，尖着嗓子叫：“爸爸！”

我抱着甄妮娜，和她说：“他没事儿的。”

我们回到原处的时候，天色已经泛白，星星渐渐消失，白天来临了，我们陷在天堂回不去了。

我在墙根看到一些白灰，我用那些白灰抹脸，擦手。甄妮娜笑了，拿出一块干鱼打在我身上，后来我们把它吃掉了。我们在旋转木马公园的地面上睡着了，中午醒来，又在城里到处游荡。我记起乌里的话，我和甄妮娜说：“不要让人觉得你有罪恶感。”

“什么是罪恶感？”她问。

我说：“我忘记了，反正不要表现出来。”

我把手伸进她的口袋，往下压了压她那皱皱的臂章，以免别人看见。

我们嚼着干鱼，在街上的人群里和炸弹坑中徘徊。我们玩起一个叫做“看谁表现得更没有罪恶感”的游戏。我们一路笑个不停，和人们打招呼。后来跑回旋转木马场去骑马，不过那些马都一动不动。我一直凝神想听那些轻柔的音乐，但只听见隔离墙那边传来的枪声。

夜幕降临，我们又到了墙边。我意识到自己是多么愚蠢，我在想什么呢？难道洞口会重新出现？难道隔离墙会变得比昨晚矮些？我多么希望大块头亨里克在这儿啊，那样我就可以站在他的肩膀上爬过去。我不停地想，不停想。突然，甄妮娜跑到墙边，双手圈在嘴边，用尽全身力气大声喊：“爸爸——”远处墙边一个长统靴士兵转过身来，我捉住甄妮娜，按下她的身子，冲向阴暗处。

因为无所事事，我们又在隔离墙边游走。我们来到斯多基车站，在灯光照耀下，那里永远是白天，人们踏步走过，车厢咣当做响，突然，我知道该怎么办了：隔离墙上通往斯多基大街的大门是开着的，人们从那走过。我抓住甄妮娜的手，一路拉着她，蜷缩着躲在门口附近的棚子后面。

长统靴士兵带着军犬守卫在大门两边。人们提着手提箱萎靡地走过，低垂着头，似乎没有意识到军犬的牙齿几乎要咬到他们的脸上了。

我不用费心思给甄妮娜做什么指示了，我何必操那个心呢？反正我做什么，她都总会模仿我的。我冲向行进的人群里，混入他们中间，消失在他们的腿中间。人们都往火车的方向走去，我在中间摸索着，用肩膀开路，朝相反的方向走去。他们对军犬的关注可能比对我的注意还多些，当我知道我已经穿过隔离区大门的时候，我敏锐地往右边冲去，跳出行进的队伍，撒腿就跑。狗叫声和呼喊声在我身后传来，接着是枪声——我的第一个祈祷从嘴唇蹦出来：行行好，千万不要是喷火器！——那时，旁边有阴暗区域和碎石堆，我像个老鼠一样躲进黑洞里。

直到我心跳平稳，气息舒缓之后，我才知道甄妮娜是不是还跟着我。我听见她在我旁边气喘吁吁，附近没有别的人，我们赶紧跑回家。

我们跑上楼梯的时候，我就知道情况不妙了。没有人在楼道里阻碍我们，新来的那些住在这儿的人都不见了。我们房间的门大开着，朦胧的月光像是冬天里人们呼出的白雾，从窗子外飘进来。房间里空无一人，桌子和椅子都被掀翻在地，药箱子被打碎了。甄妮娜大声哭叫，她突然趴到地面上，爬过屋子里每个角落，身子在黑暗中摸索个遍，希望父亲只是藏起来，而不是走了。她在墙边不停地低声叫："爸爸……爸爸……"她跑到窗边，叫道："爸爸——！"

谢普赛尔叔叔呢？我多希望他不经意间从房间中间站起来大声嚷叫："我极力警告他们！那些犹太人！他们不听我的话！"

在月光下，我看见有关路德教会的那本书躺在地板上。

甄妮娜把我撞开，跑出房间，跑下楼梯。我跟着她跑，穿过院子，经过月亮照耀下的街道中央，到斯多基车站。

看不到尽头的游行队伍依然慢吞吞地穿过大门，走到黄色灯光下。她混入人群中，我找不着她了，我也混入人群中。军犬在颈链下喘着粗气，但没有人要阻止我们。我在隔离墙的另一边，从行进队伍的一头到另一头，在手提箱中跌跌撞撞寻找甄妮娜。哨子大声尖叫，车厢门尖叫，军犬狂喊乱吠。长统靴士兵、军犬和刺刀在地上投下巨大、摇晃的影子。

我一直艰难的在前行的队伍中倒退着走，这样我就不用被带到车厢去。我从人群里往外瞥，搜寻着，自己则一直隐藏在缓慢挪动的人腿和手提箱中。

后来我看见甄妮娜了。但我真的看见了吗？真的是她吗？我怎么能确定是她？有四五个车厢远的距离。人头、被拉紧的军犬、车厢顶，所有东西都在苍白的光亮映衬下呈现出黑压压的轮廓。她是个脱离出来的阴影，被一双长统靴士兵的手举在其他阴影上面。她在沉默大众的头上乱舞着手臂，尖叫着。我听不清她在说什么，但那个声音确实是她的，我跑过去，脱离前行的队伍，向她跑去。突然，那双手臂往前摆动，她飞了出去，甄妮娜在人头的阴影、军犬和士兵上空飞出去，手臂和双腿慢慢转动，看起来是那么轻盈，和空气是如此的相称，我想：她该会很快乐吧！我想她会像是在无尽的微风中飘扬的乳草绒毛一样永远飞扬。我不停地跑，期望能和她一起飞翔。接着，她不见了，被车厢那黑色的无底洞吞噬了，我感觉得到军犬喘出的热气，与此同时，我也听见火车隆隆驶出和车厢门咣当关上的声音。

我想向她跑过去，但那条狗不让我去，后来狗走开了，一个长统靴士兵大摇大摆地走过来，重重地踢我，把我踢离地面，落下地后，他又拿一根棍子敲我的肩膀，踢我。那长统靴士兵拽着我的头发，周围传来一片笑声，军犬牙齿咯咯作响。他把我扔到一扇墙上，我看见他手伸进手枪皮套里，拉出一把枪指在我双眼间，他说：“去死吧，猪崽子！”我抬起头。熟悉的红头发，熟悉的脸庞。“乌里！”我大声叫道。枪开了。

第三部　再也回不去了

我梦见没有躯体的长统靴士兵在地上踏步走着，梦见燃烧着的母牛，梦见石头天使低头看着我说：“我什么都不是。”

我会爬上火车——其他很多人都会这么做——我爬到车厢、煤车和坦克上。爬过上千次火车，但没有一辆车带我去见甄妮娜，也没有带我去糖果山。

40. 接下来

我鼻子发痒，接着是脸颊。我用手把它们挥走，它们又重新过来，是嗡嗡叫的小东西。我睁开眼，白云在蓝天上飘荡，小黑点不断飞来飞去，是苍蝇。

一直有嗡嗡的回响，我的耳朵受伤了，手臂受伤了，全身上下都受伤了。

我倒在水里，全身湿透。我站起来，发现自己在排水沟的水涡里。我想爬出水沟，但又倒了下去。回响一直不停。我看看我那被狗咬过的手臂，深长的伤口结了硬疤，像红得发黑的面包，苍蝇在它上面飞舞。我盯着苍蝇，它们忙碌不已。

我伸手摸摸那个不见了耳垂的耳朵，只摸到一块硬疤。我坐下，闭上眼睛，听着耳边的回响。

甄妮娜！

我从水沟爬起来。斯多基车站空无一人，没有长统靴士兵，也没有犹太人，火车都走了，大门关着。

我朝空荡荡的铁轨走去，头脑晕眩。我再醒来的时候，发现自己躺在地上。我试着站起来，天旋地转。我看见有东西在硬梆梆的地面上。我伸手捡起来，突然脑袋一阵晕眩，倒头栽到地下。我哭叫着睡了过去。再次睁开眼，那样东西还在，是一块黑色的破布碎片，是甄妮娜的鞋子，我在这个鞋面上看见过自己的脸，无论在哪里我都认得这个鞋子。我笑了，伸出手指去摸它。我捡起它，自己也站起来，摇摇晃晃往前走。

我来到站台的边上坐下来，双脚悬挂在下面的轨道上方，摇摆着。回声越来越大，我又开始觉得头晕目眩了。醒来发现我躺在轨道上，拳头还紧紧地捏着那只鞋子。

铁轨曲曲拐拐地通向车站外头。我开始走，离开火车站站台区域，朝外面广阔的世界走去。铁轨通向远处，与天际交汇成一个点。

41

我碰见一个小孩，他正往铁轨上扔石子，旁边有条黑白相间的狗。那条狗见到我就跑过来，我很害怕，但狗摇着尾巴，舔我手臂上的硬疤。

那个男孩问："你是谁？"他穿着鞋子，衣服，身上没有疖子。

我说："我叫米萨。你有水吗？"

太阳光在钢轨上闪耀。

那男孩问："你的耳朵呢？"

"在斯多基车站。"

他说："你要去哪里？"

“去找火炉。”

“什么火炉？”

“就是火车要去的地方。”

“你找火炉做什么？”

我说：“因为甄妮娜在那里。你认识她吗？”

他摇摇头。

“你认识乌里吗？你认识科尔扎克医生吗？你有水喝吗？”

“我能摸摸你的耳朵吗？”

我说可以。他伸出手，我想他应该是摸了，但我没有感觉到。

他看看我，说：“你是犹太人吗？”

“是的。”我从口袋拿出臂章，套在那只完好的手臂上，说：“看见了吗？”

“看到了。”

他和那只狗消失在杂草丛里。他捧着一盆水回来。我喝了下去。

我继续朝前走。

白天，黑夜，白天，黑夜。

我从多刺的黑莓树上摘下果子吃——黑莓树让我想起了带钩子的铁丝网。我拔地上的韭菜，喝水沟里的水，而当我弯下腰，想用双手掬起水的时候，耳边的回声使得我的双眼不断跳动。

钢轨在太阳光下闪耀。我全身战栗，感觉像是在冬天里。我那受伤的耳朵一直没有干燥过。

我在杂草丛中醒来，在轨道上醒来，钢轨在我眼里摇摆，像银蛇一般。我到过很多地方，不过我不是一个人。

布冯也在那，微笑着等着我，我能闻到薄荷的气息。

那穿着蓝色衣服的人在柔和的音乐声中骑着旋转木马。

我看见被报纸裹着的尸体散落在人行道上。

我感觉到乌里砸我的头，大声叫我蠢货。

我看见希姆莱的汽车停下来，希姆莱本人从车里出来，走到我面前，脚后跟噼啪紧靠在一起，向我敬礼，还说：“光明节快乐！”

我看见那些孤儿，他们在科尔扎克医生的带领下正沿着轨道前行。孤儿们边走边唱，他们的鞋子同时落地，火炉房的门打开了，他们走到火炉里，高昂着头，前行，歌唱。

每天，米格罗姆先生都抚摸我的头发。

每天，我都听见库柏在笑。

每天，我都在寻找甄妮娜，但每天她都不出现。我已经习惯了她一直出现在我身边，习惯了她模仿我做任何事，我不断四处张望，看是否有人在模仿我，但是，却发现只有我一个人。

一天，我睁开眼睛，一个男人站在我面前。

42

那个人脚踏在我胸上，说：“你是犹太人。”

我指着我的臂章回答说：“是的，看见了吗？”

“你在这儿干什么？”

“我跟着火车到这儿的，我要找甄妮娜，我要去火炉那儿。”

“什么火炉？”

“为犹太人造的火炉，我是亚伯拉罕的肮脏后代。他们忘了把我带走了，你能带我去火炉那儿吗？”

那人朝杂草丛吐了口痰，说：“我不知道你在说什么，完全听不懂。你是神经病吗？”

这个词对我很新鲜，我说："我不知道，但我很愚蠢，很瘦小，跑得快。"

他拉着我跪下，"瘦小是不错，"他把臂章摘下来，"你的耳朵怎么了？"

"是乌里干的。他要杀我，但失手了。"

他说："跟我来。"

我走了一步就倒在地上，醒来的时候，发现自己在一辆驴车上颠簸着。车停下后，那人把我甩到他的肩膀上，然后把我卸在谷仓的干草堆上。那个农场主的妻子过来，给我些水和胡萝卜吃。她用水和破布清洗我受伤的耳朵，最后她绑了块布在我头上，遮住了那个受伤的耳朵和一只眼睛。

我问："你认识乌里吗？"

她又拿块布绑在我那受伤结硬疤的手臂上。

"你看见甄妮娜了吗？"

她摸了摸我的前额，说："你发烧了。还有，你很臭。"

农场主的妻子把我放到一只木浴盆里，给我擦身子，擦得我直叫。她拿些衣服来给我，把我的旧衣服连同衣服口袋里的鞋子都烧掉了。

农场主的妻子每天都过来，为我清洗耳朵和手臂，摸摸我的额头，给我些水、胡萝卜或者煮熟的萝卜。我睡在干草堆上，和谷仓里的老鼠玩耍。其中有只老鼠我最喜欢，我和它一起吃萝卜，我把它叫做甄妮娜。我教它爬上我的手臂，站在我的头上。但有一天，它被猫吃了。

一天我醒来，发现耳边的回声消失了。我走出谷仓，穿过田野，去到轨道那儿。一个白色的斑点吸引了我的注意，是臂章，挂在灌木丛上。我把它塞进口袋里。

我在轨道上走了很久，后来那农场主把我叫住。

他问：“你要去哪里？”

“去找火炉。”

那农场主用手猛地把我击倒，我又回到驴车上，脖子上绑着根绳子。我被绑在谷仓里的一根立柱上，我记起乌里说的关于我的故事，一开始我就是农场主的奴隶。也许那个故事竟不是虚构的，或许我正在接上我自己的生活了。

几天后，农场主的妻子来到谷仓对我说：“你别再逃跑了，现在出台了一个新法令，所有的孩子都要在农场干活。”

“以后会送去火炉那里吗？”我说。

她说：“会的。以后会。”

43

我在谷仓里睡，在那吃，在那干活。我不在谷仓干活的时候，就是在田里干。我把石头搬到驴车上，我在蔬菜上找虫子（当我不在自己身上找的时候），我学着挤牛奶，有一天我和母牛说隔离区里的母牛的遭遇，母牛踢了我。农场主的妻子——她叫艾姿碧塔——把我和猪一起喂，猪的厕所就是我的厕所。

每天晚上我都被绑在立柱上，有时晚上我能听见火车头咆哮的声音和火车轮子的当当声从远处田野传过来。我问过农场主的妻子艾姿碧塔很多次："那条法令什么时候到期？我什么时候才能去找火炉？"她总是回答说："很快了。但你不能逃跑，如果逃跑的话，纳粹分子就会烧掉我的农场，把我们拉去给猪吃。”

我只好继续干活，继续等待，跟那头驴和老鼠说话。

后来，有一天，一个人带着一匹马和一辆车子过来，和农场主说了些什么就走了。接着我听见农场主在屋子里叫喊，那天晚上，我被一个声音吵醒，是农场主妻子的声音：“快跑！”我脚踝绑着的绳子不见了，我衬衫下面塞着块东西，贴着我的皮肤，是块面包。我跑了。

战争结束了。我已经在农场上待了三年。我再一次沿着轨道走，这次我有伴儿了，成千上万人在轨道上、公路上、田野里跋涉，没有长统靴士兵监视他们了。

像是个减价嘉年华，到处都是市场，市场不断涌现在铁路边上的田野里，第二天又消失了。人们在卖东西。

“鞋子！”

“打火机嘞！”

“苹果！”

所有能卖钱的东西，所有能换来食物的东西。

我看到一个用床单撑起来的帐篷，一个男人在叫：“进来！进来！看看希特勒先生！快进来！只要五十兹罗提！”

我连一个兹罗提都没有。我等着有人在付钱的时候，偷偷溜到床单下面，地面上躺着一具尸骨，枯瘦的双脚塞在黑色的长统靴里，咧着嘴的头盖骨被一顶钢盔吞没了一半。

另一个人大叫：“十个兹罗提！你肯定不敢相信自己的眼睛！”这家店没有帐篷，只有一块手帕——有顾客付钱了。那人挡着我的路，我看不见前面，他拎起手帕，让它落下来。那顾客想要回他的钱，正当他们两个在地上打成一团的时候，我拿起手帕，看见一个我从来没见过的东西，这个东西，费迪曾经说过世上并不存在，这个东西，米格罗姆先生说过它很像快乐——是橘子。

最吸引我的就是那些小贩了，我站在他们前面几个钟头，看着他们朝过往的人群大叫着，要卖他们帐篷里或者手帕下面的好东西。他们一直不停地叫，嘴里的话一串接一串。晚上，我在杂草丛或者谷仓里睡觉的时候，就会在黑暗中嘀咕："过来看啊！你肯定不敢相信自己的眼睛！"

我梦见没有躯体的长统靴士兵在地上踏步走着，梦见燃烧着的母牛，梦见石头天使低头看着我说："我什么都不是。"

我沿着轨道和马路走下去。我给农民干活儿换吃的，在谷仓的麦秸秆堆上过一晚。没活儿干的时候，哪里能找到吃的，我就想办法拿些过来。喝的是弹坑里的积水。

我会爬上火车——其他很多人都会这么做——我爬到车厢、煤车和坦克上。爬过上千次火车，但没有一辆车带我去见甄妮娜，也没有带我去糖果山。

在路上的某个地方，我听到汉赛尔和格莱特的故事，我也知道故事的结尾是假的，巫婆并没有被烧死在火炉里。

一天，我发现自己已经回到华沙城了。

炸弹坑消失了，但乱石废墟还在，卡车和手推车正在把废墟拉走。我似乎听见机关枪的声音，于是我躲进一个巷口里，后来发现是手提钻的声音。我看见人们懒散地躺在巷子里，但他们并没有被报纸盖着，他们活生生地正在睡觉。

我找到隔离区，隔离墙已经不见了，我径直走进去，找尼斯卡大街，但找不到。我也找不到我们的房子，找不到孤儿院，找不到奥莱科被吊死的地方，找不到我们盖过的地毯。除了碎石堆，那儿什么都没有，就连苍蝇也消失了。

我在火车上听到了关于叛乱的事。在那之前，我还以为我是最后一个离开隔离区的人，我不知道原来还有四万人留在那儿。我离开后的那个春天，我正在农场里拉石头的时候，犹太人用偷来的枪和瓶装炸弹袭击长统靴士兵，但长统靴士兵太多了，他们有坦克和喷火器，叛乱在五月就结束了，叛乱的人被驱赶到最后来的火车上，隔离区就这样没有了。

站在寂静的地面上，我终于明白了乌里都干了些什么，还有他为了救我而做的事情。我明白了，我所知道的乌里——那个真正的乌里——不是纳粹分子知道的那个乌里。我笑着想象着他的最后一天，他重新穿上自己的衣服，朝着开过来的坦克挥舞着拳头，那头红发熠熠生辉，不再不吸引人注意了，而是把全世界的注意力都吸引到他的身上。

从那已经不存在的隔离区走出来后，我在华沙城的街道上闲逛，偷吃的。

一天，在人行道的人群里，我闻到一阵薄荷的气味，我站住，四处看，然后朝反方向跑回去。我盯着人们的脸，努力闻了闻，久违的薄荷味道！有个人的嘴巴在嚼动，嘴唇上残留着绿色的斑点，是个瘦骨嶙峋的男人，花白的胡须，凹陷的双眼，破烂的衣服，什么都没穿的双脚奇脏无比，我开始还以为是穿着鞋子或是袜子呢，棍子不见了，肥胖的肚子也消失了。

我直立在他跟前，他停了下来。

“肥佬。”

他的头一动不动，垂着双眼看看我。

我拉了拉他的破衣服，说：“肥佬。”

他双眼无神。

“肥佬，是我，米萨。我和甄妮娜，还记得吗？”

他没听见我说的话。

我摇了摇他，说：“肥佬！布冯！你讨厌我的。你还想杀我呢。现在我就在这儿，在这儿。”——我把他的手拉到我头上——“杀死我吧。”

他的手从我头上滑落下来，掉在他的身旁。

我捶着他那平坦的腹部，说：“肥佬！看！”我从口袋里抽出这段日子里一直带在身上的东西：臂章，曾经是蓝色和白色相间的，现在几乎变成黑色了。我把它套在袖子上，说：“看，肥佬！我是犹太人。你要杀我的，看！”

但他没有看，他拖着脚步朝我走过来，几乎要把我撞倒，然后继续拖着脚步走开了。我看着他，直到他消失在人群里。我脱下臂章，扔到人行道上。

44

世界恢复了正常，但对我来说其实并没有所谓的正常。正常，在我看来就是偷面包，喝水沟里的水。渐渐地，我知道了刀叉、钱、牙膏、厕所之类的东西。

回到乡下，我尽力做好我做的每件事情：我继续偷东西，我抢东西，只要我能带走的东西我都抢。我把自己当做一头驴，无论去哪儿，我都拉着一辆小车，所到之处，我随地都可以开一个减价甩卖会。

偷东西我很在行，因此人们在我车上能看到其他地方找不到的东西，而且我卖得便宜——我怎么知道是什么价格呢？一天下来，我的车子空空如也，口袋里也只是聊胜于无罢了。

但谁在乎这些呢，重要的是我已经发现自己的声音了。我变成了一个小贩，就像先前吸引我的那些小贩一样。“嗬！卖面包喽！苹果！鞋子！香烟！女士内衣喽！过来瞧一瞧哦！想象不到的便宜哦！”

对我而言，与其说是在卖东西，还不如说是为了说话。在到隔离区之前和在隔离区的时候，我嘴里也曾经暴出过一两句话，但直到战争结束，我这辈子可能还没说过两千个字。现在，你想叫我闭嘴也不可能了。车子卖空了，我也还继续叫卖着，只是为了听听自己说话。我沉浸在话语当中，它们不会枯竭，随时随意可以得到，不会有人在路上追着我大叫说：“站住！小偷！他偷了我的话！”

时间流逝。我说得够多了，也偷得够多卖得够多了，我能买得起一张蒸汽轮船的船票了，和大多数人一样，我踏上了去美国的征途。

入境检查员问：“你叫什么名字？”我说：“米萨·米格罗姆。”他问：“米萨是什么玩意儿？你叫杰克。”

我变成了杰克·米格罗姆。

我学会了说英语，我不停地说话，在美国，我是个推销员。

没有人雇我去卖最好的商品，问题出在我的体型（我长到五英尺一英寸高之后就停止生长了）、我的口音和我残缺的耳朵上——那只耳朵现在看起来就像朵花椰菜。我不能怪他们，谁会让这样一个呆子进门呢？“这位女士，您好。不知道您有没有兴趣了解我们的优质真空吸尘器呢？”算了吧。

后来，我撞上一个大机会，有人雇我去卖一种奇妙的切菜机，地点在新泽西的亚特兰大市的一条简陋的街上。雇主给我安排一张桌子，还有一堆黄瓜。早上十点钟，人们围在我面前，我开始给他们描述那钟奇妙切菜机的神奇功能。有人大叫道："你是干啥的，怎么把你的耳朵切掉了？"我的演说还没进行到一半呢，连最后一个人都要走开了，我十分绝望。"等一下！"我大声叫道，语无伦次地说："我有些事要告诉你。科尔扎克医生说得对，确实是有母牛的，但它被烧得像块果浆软糖一样了。"

人们停下来，回过身，他们在想：这个人说的都是什么跟什么啊？这究竟和那个奇妙的切菜机有什么关系？

只要我在说话就好了，谁在意其他的呢？

"希姆莱长得像我的谢普赛尔叔叔，我的谢普赛尔叔叔长得跟只小鸡一样……"

"你想知道大野鼠是啥滋味吗？大野鼠的味道就跟家鼠的一样……"

"我最后一次警告你，千万不要把旋转木马场里的马拿走……"

我把所有事情——除了甄妮娜之外——都告诉他们了，我所看到的一切，有关我的所有事情。木板路上的人流来来往往，停下来听我说的人有三四个，卖出去的切菜机则是零个。第一天结束后，我就被开除了。

但我找到事情做了。

第二天我又回到木板路上，没有黄瓜，没有切菜机，就我一个人，站在钢铁码头边上滔滔不绝地讲话。后来有一天，我坐上了西去费城的大巴。为了挣钱在便宜的地方混张便宜的床睡觉，我做过发传单的活儿，在加油站洗过车，剥过牡蛎，但我真正的工作是张开嘴巴说话。那些日子里，如果你在费城的街道上走过，很可能你就听到过我说话，在第十五街，在市场里，带着浓重的口音说些令人厌烦的陈词烂调。你也许听见我说话了，于是回过头来，当你意识到我在向外喷些毫无意义的话的时候，你又转身走了，和你的朋友嘟哝：“又是一个疯子。”

我在一个角落里碰见我的妻子。那是十一月里寒冷的一天，在第十三街的市场里，她停下来听我说话——那样我已经相当满足了；五分钟后，她还在那儿——这简直前所未有。后来她走了，但又回来了，从街边小贩那带了一包烤栗子回来，给了我一颗。她叫薇薇安。

她每天都来，待的时间也越来越久，带热栗子给我。她把我引出街角——去霍恩与哈达特餐厅吃午饭，到她住的第一层公寓里玩扑克牌游戏。

通常我都是继续说话，和她讲我的故事，薇薇安变成了我的街角了。她是个普通而又敏感的人，但那时，我想她肯定是有点犯傻了，也许是我的话迷惑了她，也许她把我看做是战争留下的需要帮助的难民，或者是个奇特的历史产物。不管如何，有一天，她很突然地冲口而出：“好，我会嫁给你。”我很诧异：我向她求过婚吗？

我们的婚姻维持了五个月，薇薇安很快就发现，跟我一起生活和同我玩扑克牌完全不是一回事儿。

唱赞歌的孩子们在圣诞节期间过来，我冲着他们的脸砰地把门关上。

看见书店橱窗上摆着一本《汉赛尔和格莱特》故事书，我走进去抓起书撕得粉碎，薇薇安只好给店家付钱。

洗澡的时候，有时我会打开冷水，想把自己冻得全身发青，但又没有一次能忍受得了。

我抢水果摊上的苹果。

我对前行的人群作出怪异的举动。

我听苍蝇说话："还记得华沙吗？真是个盛宴啊！到处都是废弃物，我们都不忍心离开！"

我无缘无故大喊大哭。

夜里，那些身躯庞大的穿着黑色衣服在放火的长统靴士兵会闯进我的梦里。

终于，薇薇安受够了，她离开的时候，我盯着她的肚子问："你是不是怀孕了？"

她说："再见。"

她关上门，我又回到街角去了。还记得哪天你拿着手提箱或者购物袋匆忙走过吗？前往停车场？那个只有一个耳朵的小兔八哥朝你肆意说话？那就是我，每天都在不停地说着往事，奥莱科、乌里、那个像小鸡的希姆莱、库柏小丑、黑珍珠、我的黄色石头、被扔过墙去的食物、燃烧着在飞奔的母牛、边走边唱歌的孤儿们、用胡子扫街的男人、布冯的大肚子、科尔扎克医生亲切的山羊胡、带着白手套拿着相机的女士、那匹从来不存在的叫做格里塔的马……这些事情杂乱地塞满了我的脑子。当它们从我嘴里出来的时候，该是怎样一种混乱啊。

你呢？是你给予了我形貌。或许你会说："但我根本就没在听你说话啊，我根本都记不得你是谁。"别难过，你听不听这并不重要，重要的是我已经说出来了。我现在搞明白了，我天生就是疯狂的，当整个世界都变得疯狂的时候，我早就做好准备了，那就是我能生存下来的原因。而当世界的疯狂停息之后，将要置我于何地？街角，那就是我的归宿，我喋喋不休地说话，把自己倾泻无遗，而这时我需要你在那儿，你是瓶子，我要把自己都倾注进去。

我还拓宽了活动范围，我去附近的镇子上，那儿还没有出现过街角演说家呢。诺里斯敦、肯肖霍肯、格兰赛德[1]……

年复一年，在絮絮叨叨中过去了。

后来有一天，在费城市政厅大楼的阴影底下，两个妇女停下来听我说话，看起来都有七十多岁年纪了，头上戴着的阔顶帽子像小阳伞那样遮着她们的脸。过了一会儿，她们中的一个伸出手来捂着我的耳块，笑着点点头说："我们听见你的话了，已经够了，结束了。"然后她们就走了，我朝另一个方向走开，再也没有去什么街角了。

我女儿来找我的时候，我正在一个杂货店里把货物装到货物架上。

1　译者注：Norristown，Conshohocken，Glenside，三者都是美国地名。

45. 今 天

“傻老头！傻老头！”

我的孙女在另一个房间里尖叫，我从安乐椅上起来，过去瞧瞧这次又发生了什么事。

“看我的！”

我瞧了瞧，她觉得她是用头把身子撑起来了，但她粉红色运动鞋的鞋尖却并没有离开地面。我又想起了和她同名字的那个女孩儿。

甄妮娜。

我正在往第四排货架里放罐头汤的时候，听到有人在我身后叫我。

“米格罗姆先生？”

我回过头，看见一位女士，深褐色的头发，穿着浅蓝色裙子和一件风衣。她拉着个小女孩的手，那小女孩抬起头，大大的眼睛一眨不眨地看着我。

那年轻女士说：“爸爸。”

我盯着她看。

“我是凯瑟琳，是您的女儿。我一直在找您。”她把那小女孩拉到她面前，说：“这是我的女儿，她叫温蒂，也就是你的外孙女。”

那小女孩说：“我四岁了。你的耳朵怎么了？”

她妈妈喝住：“温蒂。”

从遥远的地方传来只有我才能听到的声音，那声音回答说：那只耳朵被枪打了两次，第一次是被长统靴士兵，第二次是被乌里。

“你知道你是我外公吗？”

我仍然说不出话来。

她说：“好了，你是我外公，握握手吧。”她伸出手，我也伸出手，她握着我的手，用力地摇了摇，“见到你很开心。”

我看着她母亲。

她说：“你不认识我，是吗？”

我清了清嗓子，说：“我——我不太确定。”

她脸上绽放出笑容：“哦，我现在来了。我二十五岁，我从妈妈那里知道您的。这四年来，我一直给您留着一样东西。”

我犹豫地说：“是吗？”

“是温蒂的中间名，我还没取呢，我知道总有一天我会来找您的。她已经等了她的中间名四年了，我想让您取给她。”

我说：“甄妮娜。”

我女儿笑了，笑声直传到市场上去。“我本来想您至少会用一分钟考虑考虑呢。”她抚摸着小女孩的脸蛋，然后又把小女孩的脸蛋转向自己，点点头，“温蒂·甄妮娜，就是这个了。”

小女孩拍着手，旋转着说：“温蒂·甄妮娜！温蒂·甄妮娜！”

凯瑟琳说：“我们住在艾金斯公园，我们给你留了个房间，你还有自己的浴室。”

我把围裙扔在第四排货物架上。她们带我回家去了。

温蒂·甄妮娜努力要提高倒立的技巧，她脚尖离开地面，稍微大力了点儿，她那弱小的身子从倒立变成了背摔，摔倒在硬梆梆的地板上。我被砰然落地的声音惊起。她眼睛在地上四处张望，直到看见我为止，她伸出下唇，在决定是否要哭——其实暗地里我真希望她哭出来，让我这个外公去哄她，让她不哭。

我伸出手臂，她站起来走到我怀里，我抱她坐在我的膝盖上，她把头埋在我胸前，她没有哭，但这已经足够了。

我多希望能保持这样一年，甚至十年，但她从我膝盖上跳下来，大叫：“到外面去！”她抓着我的手指，把我拉到阳台去。

我说：“我要坐在这儿。”我坐到摇摆的椅子上。

“看我的！”她说着，朝秋千跑去。

我看着她，她前后摇着，身后是一棵明亮的橙色枫树。正是一年最华丽的时候，也是快要结束的时候。乳草已经开始暴荚了。

乳草是不会变颜色的，十月里还跟七月一样绿。

一天，我和我女儿凯瑟琳说：“开车出去转转吧，到城外去。”我带着把泥铲和小桶，她没有问我为什么。当我说“在这儿停下”，然后开始挖的时候，她只说了句：“乳草，是吗？”

我点点头。

我把它种在院子后头远离枫树的地方，她并没有反对。天使树需要阳光。

我女儿不会提出各种问题来烦我，她知道所有我告诉她母亲的事情，也就是说除了甄妮娜之外的所有事情。那些年，我在各处街角说了很多话，但是我把我妹妹的事情埋在心底。

凯瑟琳有一次问我：“你以后打算告诉我为什么叫她甄妮娜吗？”

我说：“总有一天，会的。”

最后，温蒂·甄妮娜厌倦荡秋千了，也许是她想到摇椅上坐坐，而我正坐在上面。她扑通一声跳下我的膝盖，“摇吧，外公！”

我摇着，微笑着，闭上了眼睛。我想起所有曾经告诉过我我是谁的声音，我曾经拥有的名字：小偷，笨蛋，吉卜赛人，犹太人，单耳杰克……我不在乎。被我抢空手的受害者曾经告诉过我我是谁，乌里告诉过我，然后臂章告诉过我，然后是入境检查员。现在，这个坐在我膝盖上的小女孩，她的叫声把长统靴士兵沉重的脚步声都压下去了，她的声音将是最后的声音。我曾经是——我现在是，现在是……傻老头。